# 踊る彼女のシルエット

柚木麻子

双葉文庫

# 踊る彼女のシルエット

柚木麻子

双葉文庫

目次

# 踊る彼女のシルエット

# 1

考えてみれば、そもそものはじまりは喫茶「ミツ」にあの年代物のドイツ製の鳩時計がやってきたことだった。あの瞬間から、店での時間の流れは徹底的に変わってしまった。佐知子は今になって、そんな気がしている。

黒光りする分厚い木材で山小屋を模したそれは、壁に張り付き、ゆっくりと鈍い金色の振り子を揺らし続けている。カチカチカチカチと時を刻むくっきりした音を、狭い店内に休むことなく響かせる。

一時間に一度、文字盤の上にピラミッド形に配置された三つある窓のうち、上段の扉が開き、青い鳩がぽんと飛び出す。ほがらかだけど低い声で、大きな針が指し示す時間の数だけクックーッと鳴き、すぐさま退くと同時に、扉が乱暴に閉まる。続いて文字盤の下に配置された、緑のシャツにとんがり帽子をかぶった二人の木こりが二人挽き鋸を押し挽きし始めると、下段にある二つの窓から民族衣装を身につけた男女の人形がとことこと出てきて、中央でキスを交わす。すると、それをきっかけにオルゴールから「愛の挨拶」が緩やかに流れ出す。男女が再び窓の向こうに消え、扉が閉まり、木こりが動きを止めるまで、だいたい一分弱というところだろうか。

鳩が鳴き出すと、カウンター内の厨房にいる義母も佐知子も自然と調理の手を止めて、時計を見上げてしまう。常連さんたちもびくっと身体を強張らせ、チーズトーストやスポーツ新聞から視線を移す。鳩は太った白い喉を仰け反らせ、つぶらな目をくりくりさせる。この場を強い力で圧することに、なんの抵抗もなさそうだ。時計の針の音や飛び出す鳩や男女のキスのせいで、ここ一ヶ月というもの、誰もがなんとなく落ち着かない。読書やおしゃべりに没頭している客もちらちらと時計を盗み見ては、申し訳なさそうに、これまでよりそそくさと早く席を立つ。鳩も男女も木こりも、目的意識がはっきりしていて、やるべきことに邁進し、一秒たりとも無駄にしていない。

「ミツ」はここ数年で、実花のおかげもあって遠方からわざわざやってくるお客さんも増えたが、基本的には常連ばかりだ。商店街で働く人や近所の主婦の溜まり場になっていて、誰も時間なんてあまり気にしない。もともと六十代以上が多く、せわしない現実のルールから半歩ずれたような人たちが多いため、鳩時計は明らかに場違いで、過剰な存在だった。

もちろん、片付けてしまうことも考えたのだが、冬の終わりに亡くなった奈美枝さんの形見なので、半年しか経っていない今ははばかられた。それに、五百メートルにも満たない商店街で、思い出の詰まった時計を彼女がこの店に寄贈したというエピソードは美談とされている。

七十九歳だった元添乗員の奈美枝さんはここの常連で、商店街の中程を折れた酒屋の裏にある文化住宅風の自宅で、デブ猫のチイとともに一人暮らしをしていた。去年の夏に足腰を悪くしてからは、佐知子と義母が交代でほぼ毎日、魔法瓶に入れた珈琲(コーヒー)とホットサンドイッチを配達するようになっていた。

若い頃、仕事の合間にヨーロッパで買い集めたという人形やおもちゃで溢(あふ)れた家で、小柄な奈美枝さん自身もそのコレクションの一部のように定位置にすっぽりはまって暮らしていた。出来る範囲で家事を楽しみ、こまごまと可愛らしく身の回りを整えていた。独身で親戚も少なく、人の出入りもなかったようだが、少なくとも佐知子に見せる顔はほがらかで、まったく寂しそうではなかった。

会うたびに、好きなテレビドラマの若い女優や、新興宗教にはまっているらしい隣の家から聞こえてくる祈りを真似てみせたりした。奈美枝さんには少々意地悪なところがあり、赤い顔をくしゃくしゃにして、様々な思い出のシーンを上手に再現してみせた。元ネタを知らないためどの程度の完成度なのか正直よくわからなかったが、佐知子がいちいち笑うのに気をよくしたのか、それこそ、居間にかかっていた鳩時計の鳩のように何度も何度もそれを繰り返した。もう、いいです、と止めることがどうしても出来ず、亡くなったお兄さんのうがいのやり方から、自分のファンだったというツアー客の男性の不器用な愛の告白まで、佐知子は知り尽くすはめになる。機関銃のように一方的にまくしたてるけれど、ふいに子供のように黙り込んでは、小さな庭やチイに楽しげに目を向ける奈美枝さんは、どうしたって憎めない存在だった。

コタツに足を入れて、仰向けに寝そべっていた奈美枝さんを見つけたのは、佐知子だった。セーターの袖口からはみ出た指は、丸っこくて短くて、今にも動き出しそうに血の色を透かしていた。その先端をチイがそろそろと白っぽい舌で舐めていた。いつも丁寧に撫でつけられている銀色のおかっぱが逆立っていて、奈美枝さんの皺の深い額が剥き出しになっていた。少女然とした様子はなく、気難しい芸術家のようだった。その時、誰かに見られている気がして顔を上げると、鳩時計から鳩が飛び出し、勝ち誇ったように三回鳴いた。

彼女の遺言は真っ先にチイについて書かれていた。「あの子の行きたいところに行かせてください」とあり、比較的懐かれていた義母が飼うことになった。さらに「佐知子ちゃんが欲しがっていた鳩時計を『ミツ』に寄贈します」とあったらしい。遠い親戚だという五十代の男性が店にやってきてそう告げた時、夫も義母も困惑気味にこちらを見たので、慌てて首を横に振った。欲しがったそぶりをした記憶はない。ただ、「小さなからくり屋敷みたいですごい」とか「こんなのがお店にあったら、名物になるだろうな」とお世辞を言ってしまったかもしれない。

もともと「ミツ」に時計がなかったことも、断れない理由の一つとなった。義母によれば「とくに意味はないんだけどね。昔、お父さんが気に入っていた掛け時計があったんだけど、壊れちゃって。それを仕舞ってから、気に入ったのが見つからなくて」とのことだった。てきぱきしているように見えて、実は成り行き任せで決して慌てない、どうでもいいことは完全に放っておく、そんな義母が、佐知子は結婚前から好きだった。

常連の松本さんと夫の力を借りて、鳩時計は見事、店の入り口の上に備え付けられた。

その変化が最も顕著に現れたのが、一番関係がなさそうに思えた実花だった。ある晩、夕食を食べに来ていた実花が突然、溜まりに溜まったものを吐き出すようにこう言った。

「もう、私には時間があんまりないんだよね」

「なんで、どうして」

鳩が八回鳴いた。木こりコンビが交互にのこぎりを挽き合う。

「だって、もう三十五歳なんだよ」

実花の視線の先では、男女の人形がキスを交わしている。

その顎から首にかけてのラインは、一瞬、別人かと疑うような儚い曲線を描いていた。

閉店まであと一時間。義母は寝室のある二階にすでに上がっていて、店にいるのは厨房で働く佐知子とカウンターに座る実花の二人だけだった。いつものように彼女は「日替わりピラフ」とバナナジュースで夕食を済ませているところだ。今日の日替わりピラフの具はピーマンと海老とどうもろこしとウインナー。飾り切りしたゆで卵はいつも最後まで残しておく。

猫舌の実花は、なんでも十分すぎるほど冷ましてから口にする。時間を置いたピラフはぱらぱらと米粒がほどけていて、かえって美味しそうに見えた。たっぷりのオリーブオイルで生米をよく炒めてからバターとスープで炊くせいで、冷めてもべたつかず、表面がポン菓子のようにさらさらと乾くためである。

「そんなこと言ったら、私だって同い年で、子供いないし、妊活焦らなきゃいけなくなるじゃん」

佐知子は腰を曲げ、夫が社割で買った、業務用食洗機に布巾を放り込み、機内洗浄モードに設定する。扉を閉めると、うす甘いにおいの湯気が立ち上り、鼻から口に抜けていく。

「さっちゃんはいいよ。安住の地を見つけてるもん」

安住の地。佐知子は腰を伸ばして、店内を見渡した。夫と同じ年だから、築三十八年ということになる。六人掛けのカウンター席と七つのテーブル席。一面の漆喰壁には、コカ・コーラの広告が印刷された年代ものの鏡と珈琲豆を摘む娘たちの銅板レリーフが掛かっている。日中は店頭に置かれていた、今日の日替わりピラフとケーキ、珈琲の種類が書かれた黒板。八種類の雑誌と四紙の新聞がささった木製のマガジンラック。もう誰も使わないため観葉植物置き場になっている木枠にガラス張りの電話ボックス。レースのカフェカーテンで遮られた窓ガラスから見える、店仕舞いしている最中の向かいの文房具屋、その隣の、すでにシャッターの下りている八百屋。お湯を使う音がする。早寝の義母がもうお風呂に入っているのだろう。

「この鳩時計をくれたおばあさん、独身で孤独死だったんでしょ」

実花はぼそりと、つぶやいた。奈美枝さんの死がにわかに凄惨(せいさん)な色合いを帯びたようで、佐知子は戸惑う。自分の目に映ったのは、どこかのんきな光景だったのに。今日の実花は何かが変だった。

佐知子が結婚したのは五年前である。三歳年上の夫との出会いは、彼が勤める家電メーカーの社員食堂だった。

佐知子は栄養士として厨房で働いていた。予算がない中で必死にひねり出したメニューだったが、安い素材と少ない種類の調味料で作るたった二種類の定食は、社員には非常に不評で、その味わいを揶揄(やゆ)する屈辱的ネーミングも横行し、佐知子たちはいつも肩身が狭い思いをしていた。だから、販促室の「和田(わだ)さん」は、毎回残さず美味しそうに食べてくれるというだけで、いつも眠そうな顔つきのむくむくした天然パーマの男性ながら、厨房ではアイドル扱いだった。そんな彼から堂々と映画に誘われた時、周りで見ていた同僚は皆「行くべきだ」と口を揃えた。恋愛経験も多い方ではなく出不精だったにもかかわらず、佐知子はいちもにもなく了解した。

一年間の交際を経て、この街に連れてこられた。夫が亡くなってから女手一つで喫茶店を切り盛りしているという、店と同じ名前を持つ義母は、何を着ていいかわからずバレッタでまとめた髪にセーターという普段着で現れた佐知子を、シナモントーストとココアでもてなしてくれた。シナモントーストはよくある分厚いものではなく、薄くかかりに焼けている上にバターの塩気が利いていて、とても美味しかった。ココアもショコラと呼ぶのがふさわしく、ねっとりと濃厚で、木の実の風味がするほどだった。あの社食のメニューで満足するくらいだから、和田さんはてっきり食に関心を持つチャンスがないまま育ったと思い込んでいたので、意外だった。

余計なことをほとんど口にしない義母と佐知子はすぐに意気投合した。さりげなく店のメニューのアドバイスを求められるのが嬉しくて、いつの間にか頭の大半を「ミツ」が占めるようになった。義母の炊き込みご飯に感動し、「その日によって具の違うご飯料理を出してはどうか」と提案し、二人で試行錯誤するうちに、看板メニューである日替わりピラフが生まれた。

結婚二年目で、産婦人科で子供が出来にくい体質と診断され、ゆっくり妊活するつもりで退職したのだが、結局、こうして週五日は店に立っている。夫とは、ここから歩いて三分ほどの、商店街の裏手にある、三十五年ローンを組んで購入した中古マンションに住んでいた。

たまに横柄（おうへい）な客は紛れ込むものの、常連さんの多くは気のいい人ばかりで、実は好き嫌いが激しい義母ともマイペースな夫とも、その関係は良好と言えるかもしれない。それなのに、ここを安住の地、と決めつけられるのには、少しひっかかりを覚えた。もちろん、実花の発言にたいして不快な感情を抱いたわけではない。嫌なことがあればちゃんと口に出来る間柄だ。それでもその言葉には、お前はもうここからどこにもいけない、というニュアンスが含まれているように感じられた。別に行きたいところがあるわけでもないからいいのだけれど。

何か言おうとしてやっぱり口をつぐんだのは、目の前でピラフをのろのろ咀嚼（そしゃく）する実花が、ひどく疲れているように見えたからだ。しっかりとした眉毛が眉間（みけん）でうっすら繋（つな）がりかけている。誰もが振り向くような、彫りが深い顔立ちだ。なめらかな肌は浅黒い。髪や体毛がしっかり濃く、徹夜や激務が続くと、口の周りが髭（ひげ）で覆われ、指に灰色の草原がそよぎ、首のほくろから長い毛が一本だけにょきにょきと生え出したりする。いつも注意しようかと迷い、結局彼女が自分で気付いて「やばっ、首んとこからなんか出てきてる」と騒ぎ出すまで、佐知子は指摘できないでいる。実際、毛深いのも、いかにも情熱的な彼女の魅力の一つだった。根元を刈り上げたショートカットは丈夫そうな硬く太い毛で、常連の主婦・吉田さんが目の前で彼女にすすめた馬油できらきらと光っていた。

「誰かいい人、いないかな。私も落ち着きたい」

実花は小さく言い、スプーンをピラフの小山の横に寝かせた。

「え、それって、結婚したいっていうこと？」

ぎょっとして聞き返す。実花と結婚。考えてもいなかった組み合わせだ。今までの付き合いの中で、一度として二人の間に浮上したことのない話題だった。三十代の女同士としては少しおかしいのかもしれないが、それほど実花と家庭は結びつかない。むしろ、結婚制度にいまだ根深く残る家父長制を憎んでやまないのが彼女だった。

「うん。そうなの。そうなんだ。私、もう本気で結婚したいの」

言いながら、初めて気付いたように、実花はわっと目を見開いた。青ざめていた顔がわずかに紅潮し、耳たぶが光る。彼女が何度も頷くので、佐知子も思わず笑いながら、うんうんと頷く。実花は、けっこん、けっこん、と両手を握り締め、上下に振り下ろし、初めて言葉を覚えた赤ん坊のように繰り返した。

佐知子はその様子に見入った。

好きなことに一生邁進するタイプとばかり思っていた。そもそも、恋愛の話をしたことさえほとんどない。そういえば、最後に彼女の口から交際相手の話を聞いたのは、何年前だったろうか。最後の恋人が音楽情報誌のライターで、半年ほど付き合った後、生活リズムが合わなくなり自然消滅したと言っていた。まだ二十代ではなかったか。

「結婚して、子供を産んで、ちゃんとしたい。立派な社会の一員だって、認められたいの。もうすぐ仕事も一段落するし、時間なら出来るもの」

あまりにも切実な顔つきの実花を見ていたら、佐知子はまたしても、自分が責められているような気持ちになった。女子高生のように唇をすぼめ、白くとろりとしたバナナジュースから伸びたストローを、実花はちゅうちゅうと吸い上げている。

「そんなことしなくても、実花はもう立派な社会の一員じゃん」

佐知子はそれとなく、コルクボードに貼られている、義母と佐知子を後ろに従え、実花と可愛らしい女の子が日替わりピラフを前にした写真を指し示した。その横には、その子が書いてくれたサイン色紙が飾られている。ピラフを食べているうさぎのイラストには「デートクレンジング　前田春香（まえだはるか）　ミツさんの日替わりピラフ、最高」と書き添えられていた。

春香はついこの間まで、実花がマネージメントをしていたアイドルグループ「デートクレンジング」の人気メンバーだ。ここを訪れた当時はまだ十七歳で食べ盛りだったらしく、美味しいを連発しながら瞬く間にピラフをさくさくと平らげた。ピラフが吸い込まれていくピンク色のつぼみのような唇や真っ赤な舌、顔が小さすぎるためにがっしりと太くさえ見える長い首、異様に大きく黒々と濡れたように光る眼球が動くたびに店全体の空気が揺らぐことなどを、佐知子は息を詰めて見守った。可愛いというより、自分たちとはまったく違う生物に思えて、少し怖かった。

芸能人なのだから、こんな社交辞令的な賛辞など息をするようなものだろうと思いきや、その日のうちにブログで「ミッ」のことを書いてくれた。以来、春香のファンだというあまり若くはない男女や、反対に彼女くらいの年齢の女の子が頻繁に店にやってきて、彼女が座った席でピラフを注文しては、色紙の横で自撮りするようになった。もちろん「日替わり」なので、具はその時々で替わる。しかし、デートクレンジングのファンは皆、マナーがいいようで、春香が頼んだものと違ったものが出てきても、文句を言わずに平らげ、同じものを期待してその後、何度も何度も来店してくれた。

写真を前にした彼らのおしゃべりに聞き耳を立てていたところ、実花は美人マネージャーとしてファンの間でも有名で、メンバーからの信頼も厚いということがわかった。

春香の懐いた様子を見て、実花がメンバーから好かれているのは佐知子も実感していたが、ファンの情報から、実花が「マネミカ」とあだ名され準アイドルのように愛されていることを知り、とても誇らしく、痛快な気持ちになった。のちにネットを見て知ったことだが、日本最大規模のアイドルフェスティバルのリハーサルに遅れたメンバーに代わって位置確認のために舞台に立ち、マイクを握りポーズを決めた実花の写真が出回ったことから、彼女は広く認知されたようだ。

デニムにグッズTシャツ姿で化粧気もまったくないのに、小雨のきらめく中、腰をくいと突き上げくしゃくしゃの笑顔で片手を天に掲げる実花は、世界中の光を味方につけているようだった。いかにも人の良さそうな飾り気のない表情、アラサーとは思えないすらりとしたスタイルと、完璧に振りやポーズを把握している律儀さがファンの間で絶賛されていた。デートクレンジングのアンチと呼ばれる人種は悔し紛れに「このおばさんマネの方が当人たちよりずっと可愛いんじゃないか」と書き込んでいたくらいだ。

かつてこの親友がアイドルに憧れ、目指していただけではなく、ライブ通いに青春を捧げたことを佐知子は知っている。

十代の実花は女子大の階段教室に入ってきただけで、何人もの女子が振り向くような美少女で、何故彼女が芸能人になれなかったのか、佐知子は不思議でならなかった。今にして思えば、春香の強烈な異形ぶりとは少々趣きの異なる美しさだったのかもしれないが、それでも魅力的であることに変わりはなかった。

「実花が好きになれそうな人に出会えさえすれば、結婚なんてすぐだよ」

佐知子は店中の砂糖壺をカウンターの一箇所に集め、茶色い珈琲シュガーを補充しながら、お世辞でも誇張でもなく、そう言った。実花がそうかな、私なんて超オタクじゃん、と照れくさそうに笑う。この数年はデートクレンジングの売り出しで寝る暇もないほど忙しく、そのことで彼女の頭はいっぱいだったのだ。誘いがあっても、実花の方から突っぱねていたのだろう。

「実花は結婚なんてしないタイプと思ってたけど、そういうことなら、応援する。私に出来ることなら、なんでも協力するよ」

「さっちゃん、ありがとう。なら、お願いしたいんだけど、誰かいい人がいたら紹介してくれるかな」

彼女らしくない言い方なのがやはり気にかかる。こちらが少しだけ戸惑った顔をしたせいか、実花は早口になった。

「仕事ばっかりで出会いなんてなんにもなかったの。この十年間、女子校の先生をしてるみたいだった。終わりのない文化祭の顧問をしてるって言ったらいいのかな。おねえさんで、先生で、おかあさんで、友達で。自分の年齢も忘れてたし、おばさんがアイドルって騒いでるのが相当イタいっていう認識も失せてた。普通の三十五歳の女のカンなんてとっくに失ってる。もう現実見ないとね。たった今、この瞬間から、婚活開始するよ。ね、ね、誰か紹介して。私、さっちゃんの紹介なら頑張れる気がする」

こんなに無防備な実花の表情を、これまで目にしたことがなかった。すがるようにこちらを見つめ、両手を合わせている。急に乳房の下あたりがしくしくと疼き、佐知子はくらっとした。排卵を促す注射のせいだけではない気がする。

それはたぶん、自分が無条件に信頼されている、と思えたからにちがいない。

デートクレンジングの五人に頼られ、運命を委ねられ、てんてこまいになりながらも充実感をみなぎらせていた実花が、よく理解できる気がした。実花がこの二年で味わった挫折や苦しみを知っているからこそ、彼女の幸せのためなら、出来ることはなんでもしようと思った。

2

アイドルグループ、デートクレンジングが結成十年目をもって解散し、センターの前田春香が芸能界を引退すると発表したのは、今月、八月初めの出来事である。

メンバーカラー、ピンクはガーリーな印象の春香。ブルーはクールで知的な野波暮羽(のなみくれは)。レッドはダンスに定評のある加瀬真奈美(かせまなみ)。イエローはトーク担当の金井茉莉花(かないまりか)。グリーンはおしゃれで金髪の篠崎惟子(しのざきゆいこ)。

ファンク調の楽曲に本格的なジャズファンクのダンス。衣装で制服を着たことはほとんどない。一九五〇年代のアメリカのグリーサーガールをイメージした、おへそを出したタイトなトップスに短めのサブリナパンツと高い位置で結んだポニーテールがトレードマークだった。ＰＶもＣＤジャケットも、低予算ながらアメリカのダイナーのような空間だったり、高校というよりはハイスクール風の舞台で、日常離れしている。ライブパフォーマンスで評価されたいとの思いから、水着グラビアと握手会や撮影会などの接触系イベントはしない主義だった。

　シングルは二十七枚、アルバムは七枚。オリコンは最高二位。当初は女性人気を狙(ねら)っていたが、センターの春香の目を引く愛らしさと親しみやすさからか、ファンの男女比はおよそ半々といったところ。千人規模のライブハウスを拠点とし、八年目と今月初めの解散コンサートで二度武道館に立っている。地上波でのテレビ出演はあまり多くないため一般的な知名度は低いものの、アイドル戦国時代において、媚(こび)がなくスキル重視という立ち位置で、一部では熱狂的な支持を得ていた。

　キャッチフレーズは「デートの呪(のろ)いをぶっつぶせ」。

「無理無理、働いてた時のこと思い出せば、わかるでしょー？　実花ちゃんにふさわしいような男なんて、うちの会社にいないよ。同世代は知ってのとおり、だいたい既婚者だしね」

　風呂から上がるなり、夫婦で兼用しているボタニカルシャンプーの匂いをぷんぷんさせながら、上半身裸のまま夫はそう言った。そうだよねえ、とつぶやきながら、佐知子はざくぎりのトマトと水切りして硬くした豆腐のサラダの上に紫蘇を散らし、手作りドレッシングをかけ、ビールを注いだ冷えたコップとともに置いた。お湯に濡れると黒々とした海苔のようになる夫の髪は、時間が経つと天使のようなくるくるヘアになる。どこもかしこもいい匂いのする、明るく光るピンク色の大きな身体と丸い顔。性を超越した、自然と手を合わせたくなるような、ありがたい存在に思えることがある。

「別にルックスや年収なんてこだわらないって。よく働いて性格のいい、普通の人がいいんだって。本当に普通の人がいいんだって」

アボカドと梅肉を和えたもの、手作りなめたけをかけた冷奴などの小鉢を次々に並べていく。実花のことを夫婦であれこれ案じているのが、なんだか楽しかった。もし、子供が出来たら、きっとこんな風に今この場にいない誰かのことを心配したり思いやったりして、夫と時間を重ねていくのだろうか。

明日の産婦人科の検診次第で、次のタイミングが決まるから、今日のような何もない日は、出来るだけ早く寝た方がいいのかもしれない。夫が比較的プレッシャーに強く、医師が決めたスケジュールにちゃんと応じることが出来るおかげで、長引く妊活も行き詰まらなかった。

「そういう普通っていうのが、一番難しいんだよなあ」

と、夫がトマトを齧りながら、目を宙に泳がせた。

「じゃあさ、常連のまっちゃんなんてどうだろう。ほら、前の彼女と別れて随分経つし、俺と同い年だし」

「それね、実は私もちょっと思ってたんだよね。ね、プロレス好きとアイドル好きなんて話も合いそうだし」

松本さんと実花。ルービックキューブの色が揃った時のように、身体の奥がカチリと鳴った。

「そうと決まれば、LINEしてみようか」

「お、早いね」

「商店街店主二世の会でグループ作ってるんだよ」

夫の高校の同級生であり、「ミツ」の常連でもあるまっちゃんこと松本さんは、酒屋「三松屋」の次男坊だ。お兄さんが店を継いだため、五反田にある文具メーカーの営業マンとして働き、最近はこの地区を担当するようになっている。向かいの文房具屋に寄った後は、必ず店に顔を出し、ミックスジュースと日替わりピラフを注文していく。松本さんは学生時代から合気道を続けていて、今も近所の小学校でコーチをしている。肩幅が広く上背があり、おおらかそうな垂れ目だ。口数が多い方ではないが、細かいところに気が回る人で、義母と佐知子が重たい荷物を持ち上げようとしていると、さりげなく手を貸してくれたりする。おばあちゃん子らしく、年配の女性客のアイドルのようなところがある。プロレス観戦が趣味で、本や映画にも造詣が深い。夫にやや似たおっとりしたタイプであり、そんなことから佐知子も好感を持っていた。

数分後、夫はスマホから顔を離すと、もう一つのコップに一センチほどビールを注ぎ、差し出してくる。

「いいって。是非、会ってみたいって。店に飾ってある写真のあの綺麗な人だったら、いつでも会いたいって言ってるよ。何度かすれ違ったこともあるみたいだね。さっちゃんは基本、口を開けば実花ちゃんの話しかしないからなあ。そりゃ、あそこに通う人はみんな自然と会いたくなるよ」

「やったー、こんなに簡単に行くとは思わなかったよお。私も、実花に連絡する。いつがいいか、聞いてみるね」

実花に「『ミツ』の常連さんに、いい人がいるんだけど今度会ってみない？」とLINEを送ると、すぐに既読がついた。ぽん、ぽん、とデートクレンジングのメンバーをキャラクター化したスタンプが送られてくる。

「そっちも、良さそうな日にち教えてくれよ」

「これ、本当に付き合っちゃうんじゃないのかな！　ねえねえ、だとしたら、すごくない？」

自分のちょっとした介入によって、実花の人生が大きく変わる。そんな影響力を他者に対して持ったことがないので、急に風を受けたように、くすぐったいのと同時にかすかに身がすくむ。

「まだ、決まったわけじゃないんだよ」

夫がたしなめるように言った。でも、どれほどネガティブな予想をかき集めても、状況が悪くなるイメージというものがほとんど思い浮かばない。誰かに誰かを紹介するなんて初めてのことで、自分がようやくいっぱしになったような気がした。

なぜなら、十六年におよぶ実花との交際の中で、新しい世界を見せてくれるのは、いつだって彼女の方だったのだ。

彼女と初めて出会ったのは、川崎の外れにある女子大の家政科二年生の時だった。当時の実花は前髪を切り揃えた真っ黒なロングヘアをツインテールにして、短いスカートにニーハイソックスを合わせるという奇抜な出で立ちをしていた。その上、キャンパスに滅多に顔を出さず、水商売をしているのではないか、という噂までつきまとっていて、もともと引っ込み思案で付属高校からの持ち上がりだった佐知子にとって、同じ寮生だったにもかかわらず、進んで親しくはなりたくないタイプだった。

しかし、調理実習で同じ班になって初めて口を利き、そのあっけらかんとした様子に印象が変わった。青魚の処理についての講義で、佐知子にはどうということもない三枚下ろしや内臓の始末だったが、実花は傍で目を丸くして、すごい、を連発していた。やることがなくて手持ち無沙汰らしい彼女は、その辺にあった布巾を広げたりたたんだりしながら、意外なくらいハスキーな声で、勝手にその生い立ちを話し始めた。

「大学入れれば、どこでもよかったんだよね。とにかく東京に出て、一人暮らしして、親の目が届かないところで、オーディションを受けまくるつもりだったの」

「芸能人になりたいの？」

自分の口調には、やや軽蔑が含まれていたかもしれない。当時の佐知子にとって、自分から目立とうとしている人間は、浅はかにしか見えなかった。

「去年一年受けまくってあきらめた。私はアイドルの器じゃないんだよ。可愛い女の子や可愛い服は大好きだけど、歌もダンスもいまいち。ほら、背が高すぎるし、声もがらがらでしょ？　もう二十歳になっちゃうし、アイドル業界ではおばさんだよ。だから、縁がなかったんだなって。どっちかっていうと、裏方タイプ？」

そうさばさばと言い切った実花に驚いた。二十歳でおばさんだとか、こんなに可愛いのにアイドルの器ではないとか、彼女が信じているルールは、佐知子にはさっぱり理解できないものばかりだ。しかし、諦念や未練がましさが少しも滲まない彼女のおしゃべりは、まったく不快でなかった。

実花の生まれ育った地方都市では、目立つ容姿をしているとほぼヤンキーかギャルになるしかないのだという。学校では出来るだけ目立たず過ごし、一目散に帰宅するとネットで情報をかき集め、週末はフードコートのアルバイトをして東京に遊びにいくお金を貯めたという。保守的な両親を説得するために、真面目な校風で名高いここを選び、一番偏差値の低いとされている家政科に躊躇なく決めたという。びっくりするほど早口でよくしゃべるので、情報を整理しながらついていくのがやっとだ。

「でもね、おかげでいろんな知り合いが出来て、ライブのチケットが取りやすくなったの。自分はステージに立てなくても、そこにいる女の子を見てるだけで、すごく幸せなんだ」

そう言いながら、実花は胸のところに両手を当て、うっとりと目を細め、ため息までついてみせた。

「忙しいのって、追っかけで、なの？　女の子の、追っかけをしているの？」

なんて無駄なことをしているのだろうと、佐知子はあきれてしまった。

「うん、そうだよ。時間が許す限り、いろんなグループのライブを見てる。池田さんは、誰か好きなアイドルっていないの？」

彼女に急に名前を呼ばれ、佐知子はどぎまぎした。

「私は、特に。そういう、好きな芸能人はいない」

昔から、手に入らなそうなものには、最初から興味を持たないようにする主義だ。芸能人を見て、素敵だな、と思うことはあっても、わざわざ出演作や写真集をチェックするまでの熱意が芽生えない。趣味らしい趣味さえなかったが、別にそれが不幸だとかつまらないと思ったことはない。

栄養士の資格を取りたいのも、自分の能力ならなんなく手に入れられるとわかっていたからだ。小さい頃は身体が丈夫ではなく、自宅で母とドーナツやパウンドケーキなど、お菓子作りをして過ごすことが多かった。母が亡くなり、父が連れ子のいる女性と再婚してからは、家族仲は決して悪くないものの、居場所を外へ求めるようになっている。千葉県の実家から通えない距離ではないのに、寮に入ったのもそのためだ。資格を取って自活し、ささやかでも自分だけの城を持つことが、当時の佐知子にとって実現可能ゆえに揺るぎない目標だった。

「そもそも、アイドルって私、よくわからないし……」

テレビで目にするそう呼ばれる人種はあまりにも多岐にわたっていて、定義が見えない。ルックスなのか、技能なのか、清純な雰囲気なのか、ある特定の事務所に所属しているということなのか、恋愛をしないでファンに尽くすということなのか。そう問うと、

「応援したくなる魅力を持った人はみんなアイドルっていうことに、この国ではなってるよ。そうだな、たくさんの人に成長を見守ってもらえる発展途上の女の子や男の子っ

ていったらいいのかな」

と、実花は頬をてらてらさせて答えた。

「あと、個人的には時間を止めることの出来る人は、アイドルだと思ってる」

「時間？」

「うん。とびっきり可愛い女の子たちがさ、ライトを浴びて身一つで戦っている姿を見てると、時計の針が止まって、世界中で動いているのが彼女たちと私だけになったような気分になるんだよね。焦りも不安もなにもかも消えるの。元気が出るの」

実花はしきりにあの子が素敵、この子のこんなところがいいと、佐知子のまったく知らない女の子たちの名を出して、褒め称えていた。同性をまったくライバル視しない姿勢は新鮮だった。こんなに可愛いのに、それを上手く利用して楽に生きようという小賢しさがまったくない彼女に、佐知子は軽いカルチャーショックを覚えた。自分の目の高さよりももっともっと上、手が届かない場所にずっと心を奪われていて、あとのことは適当に流している様子が、なんだか無性に眩しく思えた。あんな子に会ったことはない、と思い、その夜はなかなか眠れなかった。

また話してみたい、と念じていたら、ある日突然、ライブのチケットを渡された。あまり友達と出歩いた経験のない佐知子にとっては、ちょっとした冒険だった。アルタ前で待ち合わせて向かったのは、東新宿の地下にある小さな劇場だった。

生まれて初めてのアイドルライブは、爆音と動きまくる男たちのむっとする熱気でくらくらするばかりで、すぐそばのステージに立つ肝心の六人組アイドルはどの子もほっそりしていて可愛いけれど、目が痛くなるような原色の衣装できゃあきゃあと騒ぐだけでさほど魅力は感じなかった。舞台をゆっくり鑑賞するどころではなかったのだが、傍にいる実花を見ていると、そんなことは吹き飛んでしまった。

踊りも、歌詞も、完全に暗記しているらしい実花は、輝くペンライトを握り締め、ひたすら飛び上がり、腕を天に突き上げた。アイドルの歌の合間に、大声で合いの手を入れ、バラードでは身体にしみわたらせるように胸に手を当てて静かに身体を揺らす。さして面白くもないMCにも腹を抱えて笑い、アンコールでは声を嗄らして絶叫し、ラストの曲ではぽろぽろと涙を流した。そのすべてに緻密なルールが張り巡らされているのに、素直な感情が隅々まで行き渡っていて、横で見ていると、一つのよく練られた彼女だけのステージのようだった。ペンライトを手に、佐知子はぽかんと、同級生に見とれていた。

実花の言う、「時間が止まる」という感覚を佐知子はその日、初めて知った。踊る実花を見ていると本当に、世界中で動いている者は、本当の意味でいのちを宿している者は、実花だけなんじゃないかと思えてくる。いつも心に留まっているささいな不安や、来週までの課題、夜眠りにつく前にちくちくと胸を刺す寂しさが、綺麗に流されていいっった。ライブが終わり、周囲が明るくなると、実花はすぐに物販コーナーにすっ飛んでいったが、佐知子はしばらくの間、ぼんやりと立ち尽くしていた。

実花はお気に入りを決めずにグループ全体を愛する主義で、自分に苦手意識があるだけに歌やダンスなどの技術を最重要視していて、接触系イベントには否定的であり、その分グッズや写真を買い漁って周囲にも配り宣伝するというスタンスらしかった。

「楽しいな。今まで、一人でしか行ったことなかったから。また池田さんを誘ってもいい？」

と、帰りの埼京線の中で、実花は泣き濡れた目をこちらに向けた。グループ名がプリントされたぶかぶかの蛍光色のＴシャツを着た彼女は車内でも目立っていて、こちらを訝しげに見る乗客も多かったが、佐知子はもう恥ずかしいとは思わなくなっていた。たぶん、あの日、彼女は身をもって教えてくれたのだ。感情に従って何かに心ゆくまでのめりこむことが、理不尽な世の中に対抗する唯一の手段なのだ、と。

寮の互いの部屋を行き来するようになり、いつの間にか、生まれて初めての親友と呼べる関係を結んでいた。

いつだって聞き手を必要としている実花にとって、佐知子は格好の相手だったのかもしれない。何かと頼られることが増えた。彼女の出席を偽装したり、出なかった授業のノートを貸したり、偏食気味で痩身願望の強い彼女のために、野菜たっぷりのスープや人参をすりおろしたおからのマフィンを作ったりした。熱狂している実花を見たいばかりに、社会人になっても、佐知子はまったく興味のない様々なアイドルのライブに何度も足を運ぶことになる。

佐知子は栄養士として小学校の給食室や社員食堂に派遣されるようになった。実花はプライベートのライブ通いを重視し、早めに帰れる中堅住宅メーカーの事務職に就いたもののやりがいを感じられず三年で辞め、今の芸能事務所にスタッフとして中途入社し、新ユニットにオーディションから立ち会うことになる。当時は小学生のメンバーもいた、その五人の美少女がのちのデートクレンジングだ。

実花と最初に見に行ったアイドルは数年前に解散し、ほとんどのメンバーが引退したらしい。ついに彼女たちをテレビで目にすることはなかった。彼女たちだけではない。実花の横で、数えきれないほどたくさんの女の子を見てきた。ここ数年はデートクレンジングを陰ながら応援していたつもりだけれど、本当のところ、佐知子は誰にも夢中になってはいなかったのだ。

結局、佐知子のアイドルは実花だったのだろう、と三十五歳となった今、よくわかる。のめりこめることには、結局出会えなかった。でも、いつも好きなことに全力投球している実花のそばにいることで、佐知子の心の一部はいつも満たされる。

夫婦のＬＩＮＥが交互にぽんぽんと鳴っている。二人は顔を見合わせて、にこっとした。松本さんと実花を「ミツ」で引き合わせる日は、あさってに決定した。

初めて、こちらが彼女を楽しませることが出来ると思ったら、ピラフを保温している炊飯器から立ち上る湯気のようなものが身体を満たす。

日替わりピラフをしゃもじで三、四回切るように、かき混ぜた。九月になったばかりの今日は三種類のきのこと人参、サラミが具だった。真夏の間、好評だったとうもろこしは台風を最後に、八百屋の店頭から姿を消している。

きのこの青い匂いがバターに香ばしく包まれ、狭い店いっぱいに広がる。皿にふんわり盛り付け、パセリを散らし、ゆで卵を飾った。思えばこのメニューを考えた時、頭にあったのは実花のことかもしれない。菓子パンやカップラーメンを栄養ドリンクで流し込んで食事を済ませる彼女に、一皿で栄養をとれるものを、といつもどこかで考えていて、それは仕事をする上で大きなヒントになっている。

窓側のテーブル席でスーツ姿の松本さんと向かい合う実花を、カウンター越しに、映画のスクリーンのように眺めている。何を話しているかはここからは聞き取れない。

鳩時計は七時半を指していた。

互いに仕事を早くに切り上げてここにやってきた二人は、先ほど佐知子によって簡単に紹介され、席に座るなり視線を時折合わせながらぎこちなく会話を始め、それから一時間ほど話し込んでいる。改まった場所より、ここの方がくだけた調子で知り合えるのではないか、という夫の判断は正しかったらしい。

佐知子の記憶の中の松本さんは、もう少し三枚目な印象だったのだが、実花を目にした瞬間、彼の何かがぱっと開いたのがわかった。この店の誰も見たことがない、新たな松本さんが生まれたのだ。

大きな身体を実花の目の高さに合わせてかすかに丸くかがめている。目の前の女性の関心を逸らさないために、集中してひとつひとつコミュニケーションを積み上げていく彼が親友にぐんぐんと魅入られていることは、噂好きの常連である、社交ダンス帰りの主婦グループがひそひそと話していることからもわかるように、もう誰の目にも明らかだった。

「今日の実花さん、とても綺麗じゃない？」

基本的に他人に無関心な義母までが、店を切り上げて駅前のスポーツクラブのゴルフの打ちっ放しに出かける前に、耳打ちしてきたくらいだ。

チョコレート色のざっくりしたノースリーブのニットからすんなりした腕を出し、ピアスを光らせている。カジュアルな実花としては、十分なよそゆきだった。服にも美容にもさして興味がないのが実花だ。あくまでも社会人として恥ずかしくない程度に身なりを整えるだけだった。

あんな格好、初めて見る——。

アイドルを除けば、意外にも親友の趣味や私生活をほとんど知らないことに、佐知子は今初めて気付き、ぎくりとしている。本当のことを言うと、実花はどんな男が好みなのか、よくわかっていない。一番長く付き合っていたという恋人さえ、佐知子が顔を合わせたのは合計しても一時間程度だった。普通の親友同士なら当然聞いたであろう、のろけ、不満や愚痴さえ知らない。付き合いはじめた、別れた、という事後報告ばかりだった。

実花は今、松本さんの眩しげな眼差しを、その素肌や大きな瞳で受け止めている。最後にあんな風に誰かに見つめられたのはいつだろう。夫との始まりだって、こんな風にぐいぐいと静かに迫るような熱やスピードは感じられなかった。

実花はあまりしゃべらず、松本さんの熱心な話しぶりに、何度も目を大きく見開き、相槌を打っている。つまらなそう、という風には見えなかった。そういうところは、実花はわかりやすい。お世辞やお追従にはびっくりするほど冷淡で、美人マネージャーとしてちやほやされても調子に乗ることは一度もなかった。

佐知子は何故かほんのり寂しくなってもいた。

望んだ通りに進んでいるし、誰も嫌な思いをしてはいない。この二年、デートクレンジングの危機と戦った実花がどんな風に傷ついてきたかは、よく知っている。なのに、かすかに何かがひっかかるのは嫉妬だろうか。

　自分だけにしかわからないと思っていた実花の魅力が、案外あっさり普通の男性にも伝わるのが、つまらないのだろうか。いや、それは違う。実花はデークレファンにも人気があるし、彼女にアプローチしてきた男性だってこれまでに何人もいたのだから。彼女が自分の手が届かないところに行くのが怖いのか。それも違う。彼女はいつだって、佐知子より高いところをふわふわ飛んでいる。それとも、やっぱり、親友が性的な目で見られていることに居心地の悪さを感じているからだろうか。

　鳩時計が八時を指した。鳩が飛び出し、時間を告げる。松本さんがどきっとしたように肩を揺らし、腰を上げた。

「もう、こんな時間だ。そろそろ、行きましょうか」

「あ、はい」

　あたふたと立ち上がった実花が財布を出す間もなく、松本さんが会計を済ませ、二人は佐知子に会釈をし、夜の商店街に消えていった。窓ガラス越しにちらりと見えた実花の横顔は、まったくこちらに向かなかった。

　ゆっくりとベルを鳴らしながらドアが閉まり、鳩時計からカップルの人形が姿を現すなり、唐突に佐知子は思い出した。デートクレンジングの名前の由来だ。

命名したのは、当時はマネージャーとして素人同然の、実花本人だった。デビュー曲を担当する作詞家や事務所の幹部に、そのセンスを面白がられ、採用されたのだと言っていた。グループ名にちなんで決まったデビュー曲「デートをぶっつぶせ！」は売り上げこそ芳しくなかったものの、目利きの間では斬新だと話題を呼んだ。オーディションで集められた五人の少女と話をするうちに、歯医者の待合室に置いてあったモード誌をなんとなくめくっていたら目に飛び込んできた「デートクレンズ」という単語をぱっと思い出したのだそうだ。

「アメリカの造語なんだ。ネットで調べたら、女の人はデートをしない時期を意識的に作ろうっていう意味みたいなの」

当時、佐知子と実花は京王線の二駅しか離れていない場所にそれぞれアパートを借りていて、どちらかがどちらかの部屋に入り浸っていた。ほぼ同居しているようなものだったが、お互いおおざっぱに見えて、自分のテリトリーやリズムに関しては神経質なところがあるので、ルームシェアをしようという話には一度もならなかった。

「向こうはカップル前提の文化じゃない？　みんな相手探しに一生懸命なんだよ。ブラインドデートみたいにろくに知らない相手と二人きりで会うことも抵抗ないくらい。シングルは日本以上に居場所がなくて、一人でいるくらいならどんな相手とでもデートした方がまだましって、無意識のうちに、社会から刷り込まれているみたいなのね。でも、そんなデートを重ねても、迷走してすり減るだけ。デート地獄に陥って、どんな相手が好きなのかもよくわからなくなって、自尊心さえ保てなくなる。だから、どんどん焦っちゃう時は、あえてデート断ちをして、自分を取り戻す時間を持つっていう意味なんだって。趣味に没頭したり、家族や友達と過ごしたり、一人で静かにしていたり」

アパートと職場の往復で異性との出会いはまったくない時期だった。あまり恋愛には積極的ではないし、誰に何かを言われたわけでもないのに、佐知子にも人並みに焦りはあった。それだけに、彼女の話には引き込まれた。

「男に評価されなければ女は無価値、とか別に好きじゃない相手とでも一人でいるよりはましっていう、日本にも横行する古いルールにNOを突きつける、元気がよくてプライドのある女の子パワーが溢れるグループにしたいと思ってる。競い合う女の子を見て喜ぶ層がいるみたいだけど、仲良く楽しくやらせたい。ファンの顔色を窺うような方針はあまりとりたくないと思ってるの」

と、実花は真面目な口調で続けた。

「アイドルに限らず、女がお膳立てしてサービスするのが当たり前みたいなところあるじゃん。そうじゃなくてファンとアイドルが一緒に盛り上がって、連帯できるようになりたい。見る側、見られる側、楽しむ側、楽しませる側、そんな垣根を取っ払いたい。アイドルとファンが共にありたい、と思ってる。誰かに献身されなくてもしなくても、女も男も幸せになれるっていう風になれたらいいな」

「すごくいいね！　それに、皮肉が利いていて、面白いかも。デートしちゃいけないことになっているアイドルが、自ら、無意味なデートに意味がないっていうコンセプトを掲げるなんて」

実花のおかげで多少なりとも業界に詳しくなっていた佐知子は、評論家気取りでそう言った。

「デートしちゃいけない、かあ。いろんな考え方があるけど、私としてはアイドルの恋愛御法度ルールには価値を置きたくないんだ。無理してデートをするのは莫迦げているけど、本気のデートは一生にそうそうないんだし。年頃の可愛い女の子に恋するな、なんて無理な話じゃない。彼氏がいようがいまいが、応援したくなるような魅力があれば問題ないと思う。それを伝えられるのは、私たち運営側、大人の力、だよね」

と、彼女は自分に言い聞かせるように深く頷いていた。

のちに、実花はこの方針をめぐって、アイドルは商品なのだからスキャンダルは御法度、とする事務所とかなりもめることになる。結局、双方の主張の間をとって、表立っては恋愛禁止を叫ばない、擬似彼女めいた売り出し方はしない、プライベートは個人の裁量に任せるが異性と出歩く時はマネージャーか家族を同伴する、というルールが敷かれた。加瀬真奈美が恋愛沙汰で世間から糾弾された時も、実花は最後まで彼女の味方だった。

店仕舞いの後、なんとなく自宅のマンションにはまだ帰りたくなくて、佐知子は義母の居間でくつろいでいた。久しぶりに飲む熱いお茶が染み入るように美味しかった。

とにかく、このかすかにイガイガするような心持ちは、既婚者の僻（ひが）みというものだ。あれは無理くりにこぎ着けたデートではないし、強制的なお見合いでもない。ごく自然で、すべてが和やかだった。

まだ夏は終わっていないというのに、せっかちな義母はすでにコタツを出していた。入ってみると、冷房疲れした下半身が溶けていくようだ。佐知子の反対側で義母は座椅子にもたれて、今にも瞼（まぶた）が閉じそうだった。その膝の上ではすっかりこの家に慣れたチイが、音を消したテレビをじっと見つめている。コタツ布団の中に腹ばいで寝そべり、佐知子はスマホを見つめている。早くも、実花からＬＩＮＥが届いている。

――あのあと、隣の町の居酒屋に行きました。松本さん、すごくいい人そう。今度、プロレス観戦に行くことになったよ。いい人を紹介してくれてありがとう。和田さんにもよろしくお伝えください。

佐知子はスマホを握り締めたまま、仰向けになって天井を見つめた。足先が義母のふくらはぎに当たっているが、お互いずらそうとはしなかった。実家の継母（ままはは）とはとてもこんなには近付けない。

ぎこちない文面だ。実花が慣れない種類の努力をしているのが気にかかるのだろうか。松本さんに興味を持つように自分を鼓舞し、デートしようとしているようで、何か釈然としないのではないか。

でも、そんなことを言ったら、この世界から男女の出会いなど消滅してしまう。自分だって、夫と最初のデートをする時、気持ちが完全に固まっていたわけではない。まずは一緒の時間を過ごしてみて、それから見極めようと思っていた。

彼を前にした実花の態度が本物であるか、偽物であるかなんて、当人以外、誰にもわからないことなのだ。

チイがのろのろとこちらにやってきて、スマホの上にどっかりと座り込んだ。自分が亡くなった奈美枝さんとほぼ同じ体勢をしていることに気付いたのは、眠りに落ちる寸前だった。

3

最初にあれ？　と佐知子が思ったのは、それから十日ばかり経ってのことだった。

松本さんと次の約束の目処が立たない、はぐらかされているのではないか、と実花からＬＩＮＥが届いたのだ。

後楽園でプロレス観戦をしたあと、水道橋で食事をし、会話も弾んだ、と報告を受けてから日も浅かっただけに、向こうにも予定があるのだろうし、そんなに焦ることもないだろう、と佐知子はまったく気にとめなかった。こうして、思いつめた様子で実花が店にやってきて、ようやく、彼女の抱く危機感の重さに気付いたくらいである。

「カスタマーレビューを教えたせいかな」

とカウンターに座った実花は浮かない顔をして、つぶやいた。

今夜は食事も頼まず、珈琲を一口飲んだきりだった。他に客がいないのをいいことに、佐知子は作業の手を止め、固くしぼった布巾を手に、彼女にただ向き合っている。実花がぼんやりと珈琲にクリームを注ぐと、冷めかけた液体と油分が上手く混じり合わず、白と黒が分離して闇の中で散り散りになった。

「え、なにそれ、私も知らないんですけど……」

「松本さんに繰り返し見るＤＶＤとか、お気に入りの本とか、箱買いしている栄養ドリンクとか湿布の話をしたら、向こうがすごく興味を持ってくれて、『実花さんのお勧めが、まとまった一冊の本があれば買うのにな』って嬉しそうに言うから、だからつい、通販サイトのレビュー名を教えちゃったの。向こうのプロレス観戦ブログも教えてもらったお礼にね。さっちゃんには言ってなかったけど、実はいろんな商品のカスタマーレビューをわりと頻繁にアップしているんだ。あのレビューを読んでもらえれば、一度で私のことを知ってもらえるかと思って」

一息にそう言う実花の口調は、なんだかデートクレンジングのネット番組の企画や、メンバーそれぞれのバースデーイベントでの出し物を、佐知子相手に案出していた時のような律儀さがあった。我ながら小姑のようだが、佐知子はどうしても聞かずにはいられなかった。

「次の約束が気になるっていうことは、かなり松本さんが気に入ったっていう風に思っていいの？」

夫からは一度、「まっちゃん、実花ちゃんは面白い人だなって言ってたよ。今度、デートするらしいじゃない」というさっぱりとした報告を受けたきりだ。そこから言葉以外の何かは読み取れなかった。

「え、あ、うん、どうなのかな」

ふいをつかれたように、彼女は目をしばたたかせた。彼女の背後ではぽん、と鳩が飛び出した。真っ黒なガラス玉の目がこちらをまっすぐに見据えていて、佐知子はとっさに身をすくめた。自分の位置からだと、まるで鳩が実花の肩に止まって鳴いているように見えた。よく響く低い鳴き声が九回、狭い店内に響き渡った。

「いい人だと思う。あの年で独身で、あんな感じの余裕がある人って滅多にいないと思うし。現場でよく見る同年代に比べたら、断然、身体もひきしまってるし」

考え考え、まるで自分に言い聞かせるような口調だった。その日は何も見ていない。鳩時計が猛りくるっている。外看板をしまわないと、と思っていると、「愛の挨拶」が流れ出した。

「ていうか、もう、彼で手を打っときたい」

と、実花は小さな声で言った。佐知子はほんの一瞬、二の腕や太ももなどの柔らかな部分を、ぷつんと針でつつかれたような、あるかないかの痛みを感じた。松本さんだけではなく、夫も、自分も、この店全体も、低く見積もられたような気がした。

「ああやって人に会うのってとっても緊張するし、また誰かを紹介してもらっていちからデートっていうの、考えただけで疲れる。男と上手くやれる自信もないし」

突然、出会った頃の、あの夜を、あの空気を、強烈に思い出した。ただただその瞬間を貪り尽くしていた彼女を。実花は大きく一つ息を吐くと、さばさばした調子で、左肩を回している。あの女の子の面影を佐知子は必死で探そうとしている。

「いっぺんで私という人間を知ってもらいたかったんだよ。今、嘘ついても、どうせ先々ばれるじゃない。時間もないし。私、昔っから勝手にいい風に思われて、いざ付き合うとすぐにフラれることが多かったし」

彼女のそんな話を、佐知子はこれまで聞いたことがなかった。

そんなに変だったかな、さっちゃん確かめてくれる？　と恥ずかしそうに頼まれ、佐知子はそのレビューを客観的な目でよくよく審査することを、別れ際に約束させられた。

その夜から、佐知子は時間をかけて、某通販サイトに親友が投稿したレビューを丁寧に辿(たど)っていった。扱う商品が多岐にわたる上、びっくりするほど長文で、その数は膨大なので、すべてに目を通すのに数日かかった。松本さんからの連絡が滞っているのは、ただ単に彼がレビューを読み込んでいるためではないかと思えた。

デートクレンジングや、そのライバルと目されるアイドルの関連商品についてはまったくレビューを残していないのが、彼女らしい生真面目さだった。そうした長所に松本さんが気付いてくれるといいな、と佐知子は願った。ただ、これはまずいのではないか、と思われるレビューもないではなかった。

自己啓発本やハウツー本ばかりを読み漁っていた時期があったことがわかる足跡。あやしげなスピリチュアル商品に手を出したこともある。ダイエット食品や筋トレ器具を広範囲にわたって試しているが、どれも続かなかったらしい。意外なくらい浪費家であることもわかった。身につけるものにこだわりがある方ではなく、旅行にも行かず、業界に入ってからは唯一の趣味にかけていたお金も多少浮いているとばかり思っていたが、実花は表面には出ないところで、ぽろぽろとコインをこぼし続けていた。もしかして、彼女が結婚を焦るのは、経済的な理由もあるのかもしれない。実家には帰りづらいとも言っていた。

どれも佐知子がまったく知らない、実花の一面だった。彼女が佐知子の前で口にするのは美少女についての話題ばかりで、まれに同世代の異性の名前が話題に出ても、大抵ファン仲間だった。美しくなりたい、とか、人目を気にして振る舞う、という言葉がなかなか実花と結びつかなかった。これまでずっと、矢印が常に他者に向いているのが彼女だと思っていた。もっとしたたかになればいいのになあ、たまには自分をいたわればいいのに、と苦笑しながら、世話を焼くのが楽しかった。

カスタマーレビューを書き始めたのは五年前で、デートクレンジングが業界でいよいよブレイクかと目され、彼女が忙しくなってきた時期と重なっている。確か、さすがに五人を一人でまとめるのは無理がある、と事務所側がもう一人マネージャーを付けた頃だ。ドラッグストアに行く余裕もなかったようで、ビタミン剤やシャンプーの購入が目立った。このあたりからドリンク剤にはまり出している。

ＩＴ文化黎明期から、アイドルファン向けのネット掲示板に出入りするためだけにバイト代をはたいてパソコン通信費を払っていた実花は、メディアリテラシーも危機管理能力もずばぬけて高い。あらゆるマイナス面を考え、デートクレンジングの五人には、ネット掲示板を絶対に見ないこと、エゴサーチはしないこと、持ち回りでブログを発信する際は、アップする前に必ず自分に見せることを義務付けていたくらいだ。それなのに、どうして出会ったばかりの男にこのアカウントを教えてしまったのだろう。

実花が、吸水性も抜群で肌にべたつかない、と絶賛していた生理用品のボックスをついカートに入れてしまい、購入ボタンを押した後で、これではあと数ヶ月は妊娠しなくていいということになってしまう、と佐知子は気付いた。

産婦人科の向かいの薬局で漢方薬を受け取った帰り道、佐知子はスーツ姿の松本さんに出くわした。

いつもならのんびり立ち話をするところだが、彼は何故だかこちらの目を見ようとはせず、二言、三言話すと、早くも視線が駅前のバスロータリーの方向を向いている。仕事中の彼を引き止めるのは憚(はばか)られたが、別れ際になって、どうしても確認せずにはいられなくなっていた。

「あの、実花のこと、なんですけど」

彼の背中に向かって、佐知子は叫んでいた。松本さんは横顔だけ見せ、まったく隙(すき)のない明るい口調でこう言った。

「ああ、そうですね。今度、ぜひ、四人でご飯でも食べましょうね」

商店街の外灯に揺れるビニール飾りが彼を彩っていた。四人、を良い意味でとっていいものだろうか、と考えあぐねているうちに、佐知子は店に帰り着いてしまった。

義母のゴルフ仲間、吉田さんと、文房具屋の女主人、羽田(はねだ)さんがカフェオレを飲んでいた。彼女たちに挨拶をしながら、エプロンを身につけ、髪をまとめ、手をよく洗う。二人の相手をしながら珈琲メーカーにフィルターをセットしている義母に、

「あ、今、空いてるから、お昼、先に食べちゃってよ」

と勧められたので、流しの汚れ物を片付けると、ミックスジュースと日替わりピラフを自分で用意し、吉田さんたちから少し離れた位置のカウンター席に腰を下ろした。

スプーンでピラフを口に運びながら、左手で実花にせっせとＬＩＮＥを送る。行儀が悪いとわかっていても、今は出来るだけ身体のどこかを動かしていたかった。男には彼女はどう映っているのか、松本さんから見た実花の何が過剰で、何が足りないのか。そんなことをちらりとでも考える隙を自分に与えるのが嫌だった。だって、そんな視線は女衒のようだから。

――今、商店街で松本さんに会ったんだけど、四人でご飯でもって言ってたよ。

すぐに既読がついた。最近は就業中でも、実花はわりと頻繁にスマホを見ているようだ。デートクレンジングの解散後は、事務仕事をしているという。少し前までは、丸二日連絡がとれないことなど普通だった。極めて良いニュースとして伝えたつもりだが、実花の返信はそっけないものだった。

――ねえ、その集まりって、行く意味あるのかな。

その文面からひんやりとした彼女の表情を思い浮かべ、佐知子は慌てた。何か送らな

ければ、と指先を強張らせているうちに、次の返信がすっと手元に滑り込んできた。

——私、パスする。もう、ナシだよ、この話。あの女はナシって、松本さんに遠回しに言われたんだよ。

硬いボールを胸の真ん中にぶつけられた気がした。先ほどの松本さんの表情や態度を詳細に思い浮かべてみる。たしかにそっけないとも言えるが、それ以上のサインを読み取れる能力は、佐知子にはなかった。吉田さんが何かしきりと話しかけてくる。佐知子はスプーンを握り直すと、彼女の方に身体を傾け、適当に相槌を打つ。どうやら、息子夫婦が孫の保育園探しに苦戦しているという話題らしい。ごく何気ない調子で、吉田さんは言った。

「さっちゃんも、早くお子さん授かるといいわね。来年にはこの辺にも一気に保育園が増えるって聞くしね。ミッちゃんだって、孫の面倒を見る体力があるのも、今のうちじゃないの?」

時計の木こりと目が合った。何か言おうとしたが、舌が上手くまわらない。

「失礼しちゃうわ。私なら、あと二十年は元気なつもりなのに」

顔は吉田さんの方を向いているけど、義母の言葉は迂回(うかい)してこちらに扇風機の風のように流れてくる。誰にともなく、彼女はぴしゃりと言った。

「私があの子を産んだ時はまだ三十歳だったけど、母子手帳にマル高のスタンプが押されたの。当時はそれでも十分に高齢出産だったのよ。だから、あと五年もすれば、四十代のお産も今よりもっと普通になるんじゃないの。あ、さっちゃん、それ食べ終わったら輪ゴムと牛乳を買ってきて。帰ってきたばっかで悪いけど」

佐知子は急き立てられるようにして再び、外に出た。エプロンをつけたままであることにすぐ気付いたが、後ろを振り向かず、そのままゆっくり歩き始める。義母のように、誰かが居心地の悪い思いをしかけた時に、自分はフォロー出来るようになれるだろうか。

駅前のスーパーからの帰り道、小さな公園の前で歩みをほんの少し遅くした。真夏に比べて勢いのなくなった噴水の水しぶきや、半袖で遊びまわる就学前らしい男の子たちと付き添いの母親を見ている自分の内側で今、何が起きているだろう。焦燥感を覚えているだろうか。芝生の匂いがほんのりと入り混じった風を嗅ぎながら、佐知子は心のあちこちを丁寧に点検する。吉田さんのさっきの言葉や「あまり気を落とさず、また、次を待ちましょう」と微笑んだ初老の男性産婦人科医。彼らは佐知子を焦らせようとは微塵も思っていない。それはわかる。

これは自分の問題だ。いい加減、焦燥感を覚えないとまずいのではないか、という正体不明のプレッシャーを最近、いつも感じている。

実花も同じなのではないか。本物の焦りを覚えているわけではない。ただ単に、慌てなければならないという外圧に押されているだけだ。それは一体、誰の手によるものだろうか。ふと、エプロンのポケットからスマホを取り出すと、実花からメッセージが届いていた。

——ねえ、今晩、会えるかな?

その短い文面に佐知子は、実花からの深刻なSOSを感じとった。結婚以来、彼女も遠慮があるのか、こんなにストレートに助けを求められたことはない。非常事態なのに、わくわくし始めている自分を佐知子は恥じた。

その夜、店を閉めると、夫に連絡を入れ、佐知子は実花の住む不動前のマンションに向かった。夫からは冷凍ご飯を温め、冷蔵庫にある常備菜のレンコンきんぴらとピーマンのひき肉詰め、ひじきを適当に食べる、と返信が来た。お互いにそれほど友達は多くないので、その分、交友関係は極力尊重し、老後のためにもその財産を絶やさないよう協力し合う取り決めを結婚前に交わしている。

「随分、部屋の印象、変わったね」

スウェット姿の実花に招かれるなり、佐知子は半年ぶりに訪れる1LDKを見回した。タオルやフィギュアなどのアイドルグッズが飾られていた棚は消え、部屋中を覆っていたデートクレンジングのポスターが一枚もない。ポスターを剝がしたところが壁紙よりワントーン明るい四角い痕となっていくつも残っている。ベランダから目黒線の通過音がして、実花がこちらに手渡したマグカップの、ティーバッグを放り込んだばかりでまだ色のついていない水面を揺らした。

「私、松本さんに嫌われたみたいなの。何がいけなかったのかな。話も出来るだけ聞く側にまわったし、女っぽい服着たのに。どうしようね、ああ、また誰かと出会わなきゃいけないね」

この部屋に鳩時計はないのに、あの音が聞こえてくる気がした。鳩は店から姿を消して、佐知子のあとを追って、こっそりとここまでついてきたのではないだろうか。フローリングの上にちらばるクッションの一つに腰を下ろす。アイドルグッズが消えただけで、室内は途端に寒々しい印象で、引越しの準備が済んだばかりのように見えた。離れた場所に座って、ティーバッグを沈めたり、引き上げたりしながら壁に残るポスターの痕を見つめている実花に、佐知子はそっと呼びかけた。

「焦ること、ないと思うけど。実花は実花のままで」

なんだか声が乾いている。ほんの数週間前の実花はこうではなかった。視野が広く勉強熱心で、会うなり、報道されたばかりのニュースに対する見解を語り出すようなところがあった。理不尽に被害者が糾弾されるような状況であれば、カンカンになって怒った。思えば、彼女は出会った時から、アイドルにかまけているように見えても、いつもなんらかの形で世の中を良くしようとしていた。実花といると、未来を信じてもいいのかもしれない、と思えた。もしかしたら、あの戦士にはもう二度と会えないのかもしれない。その予感がじわじわと冷たい部屋ごと包み始めている。

「さっちゃんは、余裕あるからさ」

やや傷んだ前髪の隙間から覗く(のぞ)のは、これまで見たことがない卑屈な目つきだった。突き放されそうになることを察知し、佐知子はすぐさま食らいついた。

「なら実花だって、余裕だよ。なんにも変わらないよ」

それに私だって焦っている。きっと安住の地なんて、本当はどこにもないんだよ。そう言おうとしたら、実花に遮られた。

「ありがとう。さっちゃん、でもね、私、いくらなんでも、焦らなさすぎたんだと思う」

ファンデーションは緻密に塗り込まれ、唇にも頬にも色がついていて、以前よりずっと体調も良さそうなのに、何故か老けて見えた。

「だから、いろいろなことが上手くいかなくなったんだと思う。普通の三十五歳が身につけていること、なんにも手に入れないまま、子供みたいな大人になっちゃった。こんなおばさんが、若い女の子たちに感情移入して、親みたいに世話焼いて、勝手に騒いで。考えてみれば、イタいことばっかしてた」

「私、そんな風には思わないよ！　実花、立派だったよ。あんなに若い子から慕われたこと、私ないよ。羨(うらや)ましいと思ってたよ」

あの五人のことは、佐知子もよく知っている。実花がまるで娘のように、いつも話していたからだ。

彼女の作り上げた雰囲気のせいか、デートクレンジングのメンバーは姉妹のように仲が良かった。もちろんすれ違いやいざこざもあったが、実花がその都度、間に入って、それぞれのわだかまりを取り除いていった。子供の頃から活動してきた女の子たちだけに、性的な目で見られることには敏感だった。それを仕方のないことだから我慢しろ、と言わない実花は、自然と信頼を集めていた。グループ卒業後のことも考える実花のすすめで、メンバーは限られた時間の中で勉強し、いずれも短大もしくは四大に進学している。競い合わないのんびりしたムードを物足りなく思い離れていくファンもいるにはいたが、五人の決してきれいごとではない信頼関係は見ていても伝わるらしく、少なくない人々の支持を集めていた。

グループ結成時、実花の掲げるグループのポリシーを瞬時に理解できたのは、知性派の暮羽だけだったらしい。ツアーの合間に、遅れがちな仲間の勉強を見ているようなしっかりした子だった。

――男受けを気にして、やりたいことやんないなんて損って意味だよ。男子をビビらせない女の子だから居心地がいいっていうのと、その子のことが好きだから本気で大切にしたいっていうのとは、ぜんぜん違うじゃん？　わかる？

まるで姉のように、他のメンバーにデビューシングルの歌詞の意味などをわかりやすく解説してくれたという。

――でも、私、みんなに可愛いって言われたいな。みんなと違ってカッコイイ系じゃないし、可愛いもの好きだし、可愛いって言われると、幸せ。それって、媚びていることになるのかな。

と、不安そうに春香が言うと、惟子がこう正したという。

――それは媚じゃないよ。可愛くなるのが、春香のやりたいことなんだから、それに向かって努力するのは、なんも変じゃないよ。相手の顔色を窺わないで、自分の思う可愛いのパワーを信じているんだもん。

――そうそう。本当に好きなことは好きなままでいいよ。私だって、実はピンクやフリルやリボンが大好きだからね。

考え込む子が何人かいたので、実花はおどけた調子で割って入ったという。

――忘れないでほしいのは、私たちが戦うのはデートじゃなくて、デートの呪いだからね。デートしなきゃいけない、恋人がいなきゃいけない、女の子ならこうしろ、こうしなきゃひどい目に遭うぞっていう、脅しに負けないグループでいこう。

何かあると議論して答えを出すように教育したおかげで、彼女たちは自分の行動にプライドを持っていた。スキャンダルで真奈美が糾弾された時も、メンバー間で責め合う空気はなかった。

——うちらが戦ってるのはデートじゃなくて、デートの呪いだもんね。本当に好きなら応援するよ。

真奈美を真っ先に庇ったのは、グループの中でもとりわけ彼女と仲のよい茉莉花だったらしい。

彼女たちの発言を実花伝いに聞いているだけなのに、佐知子はその場に参加しているような気になっていた。女の子たちそれぞれの個性や息遣いが、はっきりと伝わってくる。

実花の誕生日に、五人がサプライズで楽屋いっぱいの風船を用意したことがある。スマホに送られてきた写真は、照れくさそうな実花と、カラフルな風船、そして美少女たちがぎゅうぎゅう詰めだった。幸福感に溢れたその画像を、佐知子はしばらく待ち受けにしていたくらいだ。

彼女たちが今の実花を見たらどう思うのだろうか。

実花が自分に対して淡々とダメ出しをすればするほど、このからっぽな空間は無限に広がり、二人の距離がどんどん大きくなる気がする。こちらがよほど悲しそうな顔をしていたせいか、実花は困ったような笑顔を浮かべ、すっと立ち上がって、近付こうとする佐知子を制した。

「ありがと。さっちゃん。さっちゃんといると、なんだか、自分にまだすっごい可能性があって、なんにでもなれる気がしちゃうよ。ちょっと失礼するね」

しばらくして、洗面所から大きな水音がした。帰ってきた実花は別人のようにさっぱりした表情だった。髪と頬がかすかに濡れている。自分が捨て身で叫んだことは、彼女の体内にめり込ませられたのだろうか。

「ねえ、さっちゃん。私、婚活パーティーに行ってみることにする。仕事で知り合ったライターさんに前から誘われていたんだよね」

前向きなのは、すぐに行動するのはいいことなのだ、と思い込もうとしたが、脳の出した指令はそうすぐには身体に浸透しそうにない。

「でもさ、その……。そんなにサクサク切り替えられる? 私もそうだけどさ、実花も、そういうの、あんまり得意じゃないよね」

慎重に言葉を選んだつもりだが、やはり実花はほんの少しだけ眉間に皺を寄せ、唇を曲げた。怒らせたらどうしよう、と思うと胃が冷えてしまう。吐き捨てるように、実花は言った。

「切り替えるしかないし、そこまであの人にのめり込んでいたわけじゃないから。紹介してもらったのに悪いけど、松本さんて、いい人だけどあんまり女慣れしてなくて、ちょっと疲れたよ。私は全然興味ないのに、最初のデートでいきなりプロレスに連れていくし、うんちくの披露も、超オタクって感じ。好きなことだけして年をとっちゃうと、あんな風になっちゃうのかなって、反面教師にはなったかなー。ははは、全然、人のこと言えないけど」

松本さんとそこまで親しいわけではないのに、彼を否定されると、なんだか自分や夫までつまらない存在になった気がして、悲しかった。

ちゃんとクレンジング、しなくていいの？　という言葉が喉まで出かかった。デートとデートの間には、一定の期間を置いた方がいい。そう教えてくれたのは、実花じゃないか。今ここで、あの曲を聴きたいと言い出すことは、彼女を徹底的に傷つけてしまうことだろうか。「布教用」として常に何十枚もキープしていたＣＤはもう、ここには一枚もないのだろうか。

マグカップの薄いお茶を飲み干すと、佐知子はいとまを告げた。これ以上余計なことを口にしないうちに一人になりたかったのは、彼女も同じだったから引き止めなかったのだろう。

帰りの目黒線の中で、佐知子は隅の座席に落ち着くなり、スマホにイヤホンを差し込んだ。冷たい海にもぐっていた人間が夢中で水面に顔を出すように、かつてない切実さであの音を求めている。サックスの音色が駆け巡るイントロが耳の奥に流れ出した途端に、周囲の目が気にならなくなった。うっすらと微笑が浮かぶのと、肩をかすかに揺らすことを、止められない。たった今、目の端に流れていったのは、実花の住むマンションだろうか。

——命短し恋セヨ乙女。誰が決めたの？
女性は長寿と決まっているのに。
デートしてなきゃ、女子じゃない？
ばっかみたいなルール。誰が決めたの？
私が私のヒーローだもん。やりたいことはたくさんあるの。
キャンプにパジャマパーティー、読書にショッピング。
宿題、部活、天体観測。家族会議にピクニック！
私の時間は私のものよ。くだらないデートはぶっつぶせ！
デートの呪いをぶちやぶれ！

実花のせいではないのだ。この二年間、彼女が味わった挫折を知れば、誰だって我を失うのではないか。

列車は地下に入り、目黒の夜空は消え、その分、少女の歌声が身体の奥にまで迫ってくる。実花ほど熱心にアイドルを愛したことはただの一度もないけれど、この曲だけは心から好きだと、改めて思った。

　発端は二年前の、加瀬真奈美の恋愛スキャンダル。初の武道館公演を終え注目が集まっていた時期に加え、相手が有名ダンスグループに所属していたことから、週刊誌にすっぱぬかれ、あちこちから激しい批判を浴びせられた。恋愛禁止を標榜しているわけではなかったし、ファンに自由な女の子像を伝えることに成功したと思っていただけに、実花のダメージは大きかったらしい。同時期に、春香が膝を怪我し療養に入ったために、大きなステージが一つ中止になった。さらに、休養明けの春香の体形がふくよかになったことが、急激なファン離れを招いた。そもそも、真奈美のスキャンダルにより、一部のファンたちが「デートクレンジングは恋愛を禁止してはいない。ということは、全員に恋人がいてもおかしくない」と騒ぎ始めていたからだ。

　実花は真奈美を罰することも、春香に無理な節制を強いることもなかった。周囲の声なんてどうでもいい、私たちは私たちの速度で着実に進んでいこう。地道にパフォーマンスの技術を磨いていれば、離れた人たちも絶対に帰ってくる。焦ることはない。

　時間は無限にあるのだから。

　あくまでもメンバーを優先する実花の態度は、事務所との軋轢を生んだ。真奈美を脱退させる、交際を否定させる、という事務所側の圧力と徹底抗戦したものの、責任を感じた真奈美が独断で謝罪動画をブログにアップした。やがて事態は収束したが、真奈美はなおもビクビクと周囲の顔色を窺うようになり、ぎくしゃくとしたムードがファンにもメンバーにも残った。結局彼女を追いつめただけだったと、実花は何度も後悔を口にした。所属事務所から新しくデビューしたグループに人気を奪われる形になり、メンバーの間でも、モチベーションが下がる一方だったことは否定できない。さらにプレッシャーを抱えた春香が、過度なダイエットによる体調不良から通院するようになり、彼女の親が勧める形で、引退を言い出した。人気面だけではなく、グループの精神的支柱だった彼女が辞めるとなると、それでも続けていく意志のあるメンバーはいなかった。目黒で乗り換え、五反田に着いてもなお、佐知子は夢中で再生を繰り返していた。

4

実花の実行力は、デートクレンジングの売り出し時に発揮されたものとほぼ変わらなかった。まるで仕事を一つ一つこなすように、世界中の誰からも批判されないような勤勉さで、彼女は婚活に取り組んでいった。

「とにかく、固有名詞は絶対に出さないのが、ポイントなんだって」

実花は突然、鮭とピーマンとまいたけのピラフを頰張りながら、そう言った。土曜日の午後三時過ぎで、店内は近所の農業系大学に通う若者で溢れていた。ざわめきのせいでいつもはカウンター越しでもなんなく聞き取れる実花の声が、身体を前に傾けないとキャッチ出来ない。収穫した作物を使ったフード類が名物の学祭を控え、いつもは大人しめなタイプの学生たちが活気付いていた。「ミツ」でも常連に頼まれるままに、学祭ポスターを貼り、サークルのDMをあちこちに置いてやっている。

「今にして思えばさあ、松本さんとのデート、失敗したのは、私が固有名詞を出しすぎたからだと思うんだ」

空いたテーブルを二つ接続し、入り口で立ち尽くしていた五名の男女を誘導しながら、佐知子は首を傾げた。

そもそも、失敗、なのだろうか。あれきり松本さんの話題は出てこないから、もう彼女の中ではとっくにふっ切れているのかもしれないが。義母は調理にかかりきりで、フロアはほぼ佐知子一人で回していた。実花の話だけにかまけるわけにもいかず、どうしても彼女への対応がぞんざいになってしまう。実花は周囲に聞かれるのを気にするでもなく、声を張り上げ続けている。

「婚活パーティーに付き添ってくれた、ライターの芝田さんにそう言われたの！　例えば、好きな映画が『マッドマックス』だとしても名前は出さないこと。ただ単に、映画鑑賞が趣味です、とだけ言うのがいいの」

「なんで？」

「女の口から知らない名前を聞くと、それだけで男性側は引いちゃうし会話もそこで終わっちゃうんだって。得意料理がザッハトルテだとして、そう正直に言ったら、ザッハトルテを知らない男性からはそれだけで、生意気な気取った女だと思われちゃう。だから、料理、とだけ言っておくのがいいんだよ」

「今時、『マッドマックス』もザッハトルテも知らない上に、面倒な性格の男の人にそこまでして、好かれなきゃいけないの？」

空いた皿を乱暴にトレイに重ね、布巾でテーブルをぐいぐいと清めながら、どちらも好きなものだけに、佐知子は苛々(いらいら)してきた。彼女の話を聞いていると、なんだかすべての男が赤ん坊であるような気がしてくるのだ。

「なーんか、いやだなー。私ん時となんも変わらないじゃん、そのルール」

そう言って話に割り込んできたのは、いつものようにクリームソーダを飲んでいた常連の内藤(ないとう)さんだ。彼女は大ぶりのイヤリングを揺らし、カウンターの実花から一つ離れた席で勢い良くグラスをかき混ぜながら、まくしたてた。

「自分のライフスタイルやら交友関係やらを捻(ね)じ曲げてまで、必死で結婚したところで、そんなもん、すぐに破綻(はたん)するに決まってるよ。そういう当たり前のこと、誰も教えてくれないんだよね。努力しろ、焦れ、期限を忘れるな、の大合唱。でもさー、そうやって散々急かした人ほど、結婚する時、大して祝ってくれなかったし、バツイチになった時は腫れ物に触るみたいに目も合わせようとしないの」

　内藤依子さんは二年前に散々もめた末に離婚し、それを機にこの街にやってきた、佐知子より一回り年上の女性だ。アラフォー向けの女性誌「ナンシー」の副編集長で、この店を通じて実花とも仕事上の付き合いが生まれた。「ミツ」ばかりではなく、大人女子も楽しめる実力派アイドルグループと謳ってデートクレンジングを何度か誌面で紹介してくれたこともあった。最初に出会った時、内藤さんは店のトイレで眠りこけていた。早くから飲んだ夜は酔ってこの商店街に帰り着き、店が開いている時間はここでクリームソーダを飲んで感覚を取り戻してから家に帰るのが日課だった。赤いさくらんぼは最初から付けず、アイスクリームとソーダ水を完全に混ぜてから、一息に飲み干すのが彼女のやり方だ。どぎつい色のソーダがやわらかなパステル色になっていく。

　実花は身体をひねって内藤さんの方を見ると、とりなすようにこう言った。

「莫迦莫迦しいのはわかってるんです。でもさ、間口は出来るだけ広くする方がいいじゃないですか。男って臆病だから、それくらい降りていってあげた方がいいって、犬とか子供だと思ってまずはうんと折れてあげないとって、芝田さんが。あ、そうだ、この人、この人」

　そう言うと、彼女は椅子の背にもたせていた薄い鞄から、スマホを取り出した。検索して見せてくれた女性向けのウェブマガジンには、「芝田みこの婚活オンザロード！」

というタイトルの下に短いエッセイと、女の写真があった。若く見えるが、プロフィールを見ると二人よりも三歳年上だった。肩書きは婚活コラムニストということになっている。ボブから覗く形のいい尖った耳は妖精のようだ。長い睫毛と二重の大きな目が印象的で、芸能人のように頬や首回りの肉がそぎ落とされている。

「ふうん、タレントみたいな人だね」

自分のことを褒められたように、実花の顔はぱっと輝き、ますます饒舌になった。

「そうだよ。でも、自分をブスとかモテないとか、すっごく自虐してばっかりで超面白いんだよ。面食いなせいで、ダメ男ばっか引き当てちゃう星のもとに生まれたみたいで、すごい笑えるエピソードをたくさん持ってるの。婚活で空回っている自分を客観視して文章に出来る、クールな視点も持ってるの。ああ、こんな風に面白がっちゃえばいいんだな、からっと笑っちゃえばいいんだなって目からウロコが落ちた気分。かなりの毒舌で、だからあなたはダメなんだとか、そんな服着てちゃだめだとか、バッサバッサぶった切るから、時々ヒリヒリするんだけど」

認めたくはないが、佐知子や内藤さんといる今よりも、松本さんと向かい合っていた時よりも、芝田の話をする実花は、はるかに生き生きとしていた。

「あ、よく知ってる。うちでも何回か記事書いてもらったことあるよ、この人」

肩越しに覗き込んでいた内藤さんはストローを弄びながら言った。

「でもさあ、なんかかなり、古い気がしない？　読者からの人気もそこまで奮わないんだよね。まあ、説教されたい系の女子っていつでも一定数いるんだけどさ」

彼女とはどこで知り合ったの？　と怪訝な気持ちで尋ねると、実花はこう答えた。

「二年前かな、取材を受けたことがあるんだよね。『女にハマる女たち』っていうムック本のインタビューを受けたの。あ、どこかにあったから、今度貸すね」

お金を出して買う気にはなれなかったが、そのタイトルはナフキンに書き留めておいた。

なんだか疲れているように見えるから、もう上がっていいと義母が言うので、いつもより少し早く店を出た。二十一時まで開いている高架下の図書館でそのメモをもとに予約をすると、たまたま館内に在庫があった上に貸し出しされていなかったらしく、その場で受け取ることが出来た。しっかりした作りの、週刊誌の増刊号のようなもので、二十代、三十代女性の様々な生態を、中年男性向けにわかりやすく解説したものらしい。芝田の記事は「女性アイドルに人生を捧げる女たち」というもので、実花と思しき女が中心のルポになっていた。

帰宅してうがい、手洗いを済ませると、夫に「ただいま、ご飯は今いいや」とろくに顔を見ないでつぶやき、そのままムック本を抱えてソファに横たわった。今日は夫が休みで家事担当なのだから、これくらい許されるだろう。デミグラスソースらしき甘い匂いがあたりに立ちこめていたが、あまり洋食という気分ではなく、食欲もなかった。その三ページの文章を頭に詰め込むうちに、芝田への不快感は揺るぎないものに変わっていった。

「目の前の恋愛や男受けをそっちのけにして、自分よりハイスペックな同性に惹かれる彼女たちの感性や余裕は、私にはまったくないのだけど」としっかり線引きまでしている。味方のふりをして、彼女たちのかすかな躊躇いや逡巡を引き出し、何倍にも誇張して面白おかしいエンターテインメントに仕立て上げている。そもそも佐知子は「自分を笑い飛ばす」というセンスが世間で言われているほど素晴らしいものだと思えないし、だいたい芝田が笑い飛ばしているのは、彼女本人ではなく、自分以外の女たちだ。そんな風に感じる自分は、頭が固くて、古臭いのだろうか。「ミツ」でシニアに囲まれているせいで、同世代の感性についていけなくなっているのだろうか。だから、実花は佐知子で補えない部分を、芝田に求めているのだろうか。

「ねえねえ、さっちゃん、さっちゃん」

エアコンを掃除しているらしい夫に何度も呼ばれているのはわかっていたが、ページから目を離せず、生返事をしてしまう。

「あのさ、まっちゃんのことなんだけど。それとなく、二世の会で聞いてみたのよ。実花ちゃんのこと。あの後、どうなったのかって」

夫は佐知子の両脚を自分の膝に載せ、ソファにすべりこむ。その太い指で、立ち仕事ではりつめたふくらはぎを、ぐいぐいと押してくれた。

「ありがとう。で、なんか言ってた？」

「えーと、怒らないでよ？　まっちゃんも、謝っていたんだから」

その前置きだけで、佐知子の胸には早くも赤茶色にただれたマグマが流れ出していた。

「言いづらいんだけど、まっちゃんが思っていたタイプと違うって。もっとさっぱりした人かと思ってたって。結婚願望が強くて驚いてた。実花ちゃんには頼り甲斐（がい）のある大人の男が似合うだろうから、自分なんかじゃ釣り合わないだろうって。あ、もちろん、先方にも、はぐらかさないで、もうちゃんと伝えたみたいだよ。自分が至らなくてごめんなさいって。仕事が忙しくて今はそういう感じになれないって」

「なにそれ！　失礼じゃない？」

佐知子はたちまち跳ね起きて、夫の膝から脚を引き離した。自分が侮辱された以上に恥ずかしかった。ぼんやりと穏やかに見えた松本さんが思いの外、冷徹な判断を下したことも、突然頬を叩（はた）かれたように感じられる。

身体の奥でちりちりと音がする。芝田のように気の利いたことが言えれば。松本さんよりもっと実花の良さを理解してくれる男を紹介することが出来れば。そうすれば、実花も自分もこんな惨めな思いはしなくて済んだのに。こうであってほしいもう一人の自分の輪郭が強烈に浮かび上がり、今の佐知子に足りないものの、過剰なものを、ぐいぐいと突き付けてきた。

「私たちがあそこまでお膳立てしてあげたのに、そんなにすぐ放り出すわけ？　松本さんに実花はもったいないくらいだよ。思い上がるのもいい加減にしてほしい」

結婚してからようやく直った癖なのに、佐知子は久しぶりに奥歯を強く噛みしめてしまう。松本さんが頼りないせいで、芝田に実花をとられるのだ。婚活シーンに詳しく、人脈も豊富そうなあの女なら、きっと実花に次々と異性を紹介できるだろう。こっちは松本さんくらいしか持ち駒がないというのに……。どちらの女と付き合えば得なのか、誰が考えてもわかることだ。

「それはちょっとないんじゃない？　まっちゃんは俺にとっての友達なわけだしさ。それにこういうのって、相性だから、別にどっちが悪いってわけじゃないし。かといって、会わせた俺たちが謝るのも変な話だし」

「ごめん」

佐知子はすぐに謝った。夫のへの字に曲げた口で、一瞬我を失っていたことがわかる。

「あとさあ、まっちゃんが『ミツ』に来た時は、優しくとまでは言わないけど、もう、おっかない顔しないでやってくれよ。気にしてたよ。佐知子さんに嫌われたんじゃないかって。『ミツ』に行かない方がいいんじゃないかって」

「私、別に普通にしてるけど」

内心ひやりとしていた。努めて普通にしていたつもりだが、松本さんが店に姿を見せるたびに、思い通りに動いてくれなかった彼への憤りがどうしても顔を覗かせてしまう。松本さんの目の前に皿を置く時だけわざとずさんにしてしまうし、ピラフの盛りを少し減らしたこともある。話しかけられても、忙しいふりを装ってぞんざいな返事をすることが多くなっていた。

これが逆だったら、つまり、実花が彼を気に入らなかったというケースならば、佐知子は彼女を決して責めなかっただろうとわかる。なんだか婚活というシーンに踏み込んだ瞬間、佐知子も実花も辛辣になった。人を人とも思わない、残酷な物言いをするようになってしまったのは何故なのか。

ムック本をぱらぱらとめくっていたら、独身女性の貯金額のグラフが目に入る。根元にあるのは、やっぱりお金、つまりは仕事なのではないか。

あれほど力を注いでいた仕事に対して熱意をなくしたから、実花はこんなにも慌てて伴侶、要は経済的安定を求めているのではないか。実花はこの数年で、自分のいる業界のあやふやさを思い知り、続けていく信念も揺らいだ。ニュートラルな状態であれば、確実に松本さんに実花の本当の魅力が伝わったはずなのに。

彼女に今、一番必要なのは休息ではないか。業務が少し楽になったとはいえ、あの子たちが二月に解散宣言をしてから、ろくに休んでいないのだから。よく寝て遊んでペースを取り戻しさえすれば、彼女のことだからまた新しいビジョンも湧いてくるだろう。これをどんな風に伝えたらいいかと考えていたら、何やら眠くなってきた。涼しくなってきたせいか、最近は身体を横にすると、すぐに眠りに引き込まれる。夫の、せっかくオムハヤシを作ったのに、という不満そうな声が遠くで聞こえていた。

佐知子の暮らす商店街にももちろん、女性の名が店名の、分厚い扉に隔てられ、入るまで中がまったく見えない、古いスナックは二軒ほどある。そこのオーナーや女性従業員が「ミツ」に立ち寄ることはあるし、商工会の打ち上げなどで、義母や夫とともにスナックに顔を出し、水割りを一杯ほど飲むこともあるが、あくまでも年配の男が仕切る付き合いにおいてのみ、足を踏み入れる場所という位置付けだ。

「良かったら、さっちゃん、これから来ない？　今、芝田さんと五反田で飲んでるんだけど、芝田さんがさっちゃんに会いたがっているの。合コン後の反省会の真っ最中なんだ」

実花に誘われるままに向かった場所がまさにこうした、カウンターとテーブル席二つ、古い機種のカラオケで構成された薄暗い店だとは思わなかった。年配のママと佐知子と同年代のホステス、そして数人の常連らしきサラリーマン客のみで盛り上がっているというだけで、かえって警戒心を強くしている。こういった店を選ぶ世慣れた感じを見せつけることで、彼女は佐知子に何をアピールしているのだろう。

　直角に曲がったソファで実花を挟んで座り、先ほどから煙草(たばこ)を吸いながら、こちらをあけすけに観察してくるその女は、雑誌のグラビアのイメージよりも一回りほど小柄だった。さほど華やかには見えず、身につけているものも合コン帰りにしては、ごく平凡なアイボリーの半袖のニットと灰色のパンツだった。妖精めいた耳を引き立たせる揺れるピアスは、自然と目が吸い寄せられるものの、婚活コラムニストというにはいささか地味すぎる気がして、彼女が文章で主張するほどには、出会いを求めていないのではないか、という疑いを佐知子は強めた。ノースリーブの白いワンピースを着た実花の方がよほど輝いて見え、誇らしかったが、いや、まてよ、と何やら不穏にもなる。

　その傍で美味しそうに煙草を吸っている実花を見て、そういえばヘビースモーカーだったと思い出す。「ミツ」は佐知子が妊活を始めてから、義母が全面禁煙にしたのだった。その頃から、実花もまた、佐知子の前では決して吸わなくなった。飾り棚の上の水中花をなんとなく見つめていたら、芝田は大げさに仰け反って、佐知子ではなく実花に向かって話しかけている。

「わあ、さっちゃんって、めっちゃ幸せオーラ出てる。もう、あんたも、こんなに身近にお手本いるんだから、ちゃんと見習いなよー。こんなところに呼ぶのが悪いみたいな、可愛い奥様って感じ」

佐知子は珍しく、初対面の人間に嫌悪感を抱いている。こんなところで悪かったわね、とママらしき女性がすぐに割り込んでくるのも、芝田が台本を書いた茶番のようにしか思えない。

「私も男だったら、絶対に、ミカリンよりさっちゃんだなー」

悔しいのはやはり実花が自分といる時より、はるかに楽しそうだという事実だ。これまでも社交的な実花に知り合いを紹介されることは何度もあった。しかし、その多くはアイドルを介した仲間だった。実花が彼らや彼女たちと、佐知子の知らない話題で盛り上がっていても、疎外感がなかったのは、アイドルの世界には疎く、完全に共有は出来ないし、出来なくても仕方がないと割り切れたからだ。実花はこちらを気にすることなく、さもくすぐったそうに芝田に肩をぶつけて、身をよじっている。

「ねえねえ、さっちゃん、取材みたいになっちゃうけど、今の旦那さんとはどうやって出会ったの？」

「平凡な職場結婚なんで、話しても面白くないですよ」

我ながら、そっけない言い方だと少し反省したが、芝田はほとんど間を置かず、こちらの急所を捉えるなり、床に押し付けるかのような勢いで尋ねた。

「今度、旦那さんの同僚、紹介してくれない？」

職場はみんな既婚ばかりで、という返事は冷え冷えと響いた。しかし、芝田はこちらを凌駕（りょうが）するようなスピードで話を変えた。

「さっちゃんが私みたいに面食いだったら、どうだったんだろうなって思っちゃうよ。やっぱさ、自分を大切にしてくれそうな人を引き当てるのも、一つの才能なんだよねえ」

それは暗に、夫の器量がいいわけでも女慣れもしていないと揶揄されたようで不愉快だった。見たこともないのに、彼女は佐知子の背景を勝手に思い描き、値踏みしている真っ最中のようだった。

反撃する皮肉を口に出来る勇気がない分、佐知子は胸の中で悪意を煮詰めていく。人気コラムニストということになっていて、連載もいくつか抱えているようだが、売り上げに実績があるわけでもなく、なによりネットを漁っても、支持層がまったく見えない。文章や発想もざっくばらんなようでいて、よく読み込んでみれば、男性の目から逃れられない息苦しさを感じる。

「もー、あんたがダメなわけがわかったよ。この、さっちゃんが原因だよ」

私が？　と怪訝な気持ちで、佐知子は芝田の得意そうな目を見た。どんな寛大な人間でも、ひっぱたきたくなるような訳知り顔で彼女はこちらを見据え、一語一語、ゆっくりと発音した。

「さっちゃんが優しくて、そのままでいい、そのままでいいって言うから、あんたは現状肯定して、先に進めないんだよ。今日の合コンもさー、あんた、全然楽しそうじゃないし、ノリも悪いし、私、ハラハラしちゃったよ。いくら美人だからって、あんなにつんけんしたんじゃ、男は引くでしょ。適度に隙を見せつつ、ちゃんと相手を立ててあげなきゃ。もういい年なんだし。ねえ、ちゃんと教えたよね？」

言葉は実花に向かっていても、芝田は明らかに佐知子に挑んでいた。

他人からこんなに貶められている実花を見たことがない。それなのに、芝田にずけずけと毒を吐かれながらも、彼女はとても嬉しそうだった。安心しているといってもいい。私たちの十六年にわたる友情の何を知っているんだ、この女、と佐知子は怒りで吐きそうになっているのに――。なんだか、ここに自分がいてもいなくても、同じように感じられた。

近くのテーブルで大声で話している五、六十代の男性を見るとはなしに見ていたら、ふいに思い出す光景があった。

一度だけ、実花の父親に会ったことがある。たしか五年前だ。上司の娘の結婚式で、こちらに出てきたという父親を、実花は「ミツ」に連れてきた。父娘が親しげな様子なのが、意外だった。アイドルを目指す時、猛反対されたと聞いているし、出会った頃から実花は常々こう言っている。

——うちの田舎って、男が威張るのが普通なの。冠婚葬祭では、女の人がひたすら裏方に回って働くの。妻は旦那にかしずいて、いい気分にさせるために、下手に出たり褒めてお膳立てしてあげるのがデフォルトなの。

彼女の話から、黙っているだけで周囲を圧するようなタイプを想像していたが、カウンターで娘とじゃれあっているのはくしゃくしゃに笑顔を浮かべた、若い頃はきっと目立っただろうと思わせる肌が浅黒く彫りの深い、おしゃべりな初老の男性だった。黒目がちな目が実花にそっくりだった。

——実花ちゃん、もっと帰ってこいよ。佐知子さんからもそう言ってくださいよ。

と、しきりに言っていた。実花の仕事も応援している様子に見えた。あんな風にストレートに親から愛情を示されたことがないので、羨ましい、と素直に思えた。

父親が帰り、数日経ったある日、実花は疲れ切った顔つきでこう言った。

——あの人がやっぱり、本当に苦手。嫌いっていうわけではないんだけど……。さっちゃんのお店じゃないと、とても間が持たなかったよ。ありがとう。

父親の前でサバサバと振る舞う実花は、普段よりむしろ、あけっぴろげに見えたくらいだ。佐知子が用心しいしい口にすると、彼女はこう打ち明けてくれた。

——私、小さい頃、父や兄の仲間になりたくて、男の子みたいに振る舞ってたんだ。

女にしとくのがもったいないって言われるたびに、得意で仕方がなかった。兄が好きな特撮ものとか、父が好きなサッカーにはまってるふりをした。お母さんが買ってくれたスカートやワンピースを拒否して、がっかりするのを見て喜ぶような嫌な子だった。父や兄と一緒になって、お母さんやおばあちゃんをこきつかってたと思う。

恥じ入ったように黙り込んでいた実花は何を思い出してか、ほんのりと微笑んだ。

――アイドルにはまった中学生の時、初めて可愛いものが好きな自分を認められたんだ。父はすごく嫌な顔をした。でも、私が芸能事務所に就職して女の子をプロデュースする側に回ったら、急に近所に自慢してまわるようになってさ。

最後は彼女は小さな声で言った。

――父は女女した女が大嫌いだったの。だから、男っぽく振る舞うのがどっかで上だって、いまだに思ってる。結局、私ってさ、お腹の中ではどっかで、男側に立っていたい最悪なやつなのかもしれない。女の子のアイドルが好きなのも、自分が鑑賞側の男の立場でいたいからかもしれない。だから、むきになってるのかもね。私は女の味方、アイドルの持つパワーはすごいっていつも自分に言い聞かせてないと、父たちみたいになっちゃいそうで……。

自分はどんな言葉を口にしたのだろうか。それきり、二人の間で、彼女の父親の話題が出たことはない。

空気を悪くしたくない、やめておけ、と思いながらも、我慢できないほどの居心地の悪さに、口が勝手に動いていた。

「私は、楽しめない合コンだったら、行かなくても別にいいと思う。散々お膳立てして相手をいい気持ちにさせたところでいざ結婚しても、そんなサービス、日常の中で続けるって大変ですよ」

今日の自分はどうしてこんなに饒舌なんだろう。まだ水割りにも口をつけていないのに。芝田はうっすらと笑みを浮かべた。

「だめだよ、ミカリン。こういう何もかも持ってる恵まれた奥様は、うちらみたいにドブさらいしているような人種とは、全然違うステージにいるんだから。意識しなくてもナチュラルに男を立てられるんだから。この優しさを真に受けちゃだめ」

芝田はまたしても、佐知子を見つめながら、実花に語りかけた。

実花は二人の真ん中で困ったような顔をして新しい煙草に火を点けた。

どんな言葉を発しても、佐知子のそれは「上から目線の提言」として小箱に押し込まれ、ラベリングされ、遠くに流されてしまう。やっぱり、自分がここにはいないように思われた。でも、絶対に聞いてもらえないという状況は、佐知子にかえって勇気を与えた。

「何も違わないと思いますけど」

佐知子の中で、これまで使ったことのない筋肉が作動している。目の前の水割りや小さなおせんべいの盛り合わせを、力任せに払ってしまいたい。

「私も実花も、何も違わないです。私、妊活のために仕事やめて、夫の実家を手伝っています。婚活と同じくらい、妊活だって長期戦で、先が見えなくて焦ります」

「えー、うちらとは次元が違いすぎるよお、ねえ、羨ましいよねえ、ミカリン」

「ただ単にたまたま、お互いの今の環境が違うっていうだけです。既婚者になったら、問題全部解決だなんておかしくないですか」

こいつだ。こいつが、時計の針を進めているのだ。佐知子は芝田を睨(にら)みつけた。よく見れば、あの鳩そっくりの、感情のないガラス玉のような目と尖った口先をしているではないか。

「やだ、超泣ける。私もこんな友達が欲しいよー」

芝田は佐知子から視線を逸らし、実花の肩を抱き寄せた。彼女がこちらを向けないように角度をつけて。

「あんた、本当にいい友達持ったねー」

この芝田とやらが、自分より何枚も上手だということだけはわかった。しかし、これは一種の洗脳ではないか。たった今、佐知子はこの女に宣戦布告しようと決めた。もう三十代も半ばなのにとか、中学生の女子グループのいざこざのようで大人気ないとか、そんなものはどうでもいい。

「あの、私、一曲歌います」

　こちらを愉快そうに見守っていたママに向かって声を張り、佐知子は立ち上がり、さっそうとカラオケ機器に向かっていった。

　美少女でもアイドルでもない。でも、真剣に歌い踊れば、あの日のように、十九歳の実花が自分の前でやってみせたように、時間を一時的に止めることが出来るのではないだろうか。佐知子はタッチパネルにあの曲を入力すると、カウンターの横に配された小さなステージを足で踏みしめた。やる気のなさそうな男性客たちからまばらな拍手が湧く。小さなミラーボールが回り出し、あっけにとられた様子の実花の小さな顔を照らす。サックスが疾走するあのイントロが流れ出した。佐知子は心を決めると、あの日の少女たちのポーズを真似て静止し、歌詞が画面に流れ出すと同時に、猛然と手足を振り回し始めたのだ。

5

　夫が駅前のドラッグストアの、緑色のレジ袋を手に戻ってきた時、佐知子はソファに寝そべって、その日、何十回目かのデートクレンジングのライブ動画をスマホで再生し終えたところだった。だるくて、いつにも増して何をする気にもなれなかった。義母から、またしても早く店を上がっていいと言われてこうして横になっている。

昨夜の自分を思い返して、答え合わせをしている。こうして本物と比べても、初めてにしてはなかなか上手く踊れた方だと思う。歌詞もほとんど見ないで、間違えることなく歌えたはずだ。しかし、佐知子の決死のパフォーマンスは、実花の心をまったく打たなかったようだ。歌の間、実花はこちらを見ず、芝田と関係ない話をして笑い合っていた。二人だけではなく、他の客からもほとんどリアクションがなかったのは、鬼気迫るほどに必死すぎたためなのだろうか。そういえば、初めて同僚とカラオケに行った時、「音痴でびっくりした」と驚かれたことがある。

「はい、これ買ってきた」

お礼を言って夫から箱入りの妊娠検査薬を受け取ると、ぬるくなった麦茶を一気に飲み干し、身体を起こした。帰宅するなり、体調の悪そうな佐知子を見て、もしやと思ったらしく、すぐさま駅前のドラッグストアに走ってくれたのだ。反応があるとすれば、おそらく今日か明日というところだった。スマホを置く時に、静止した画面の春香と目が合った。トイレに向かいながら彼女のことを考えていた。

前田春香は不思議な女の子だった。とても可愛らしいが、顔立ちということでいえば惟子の方が整っていたかもしれない。暮羽のようなスタイルも、真奈美のような安定した技術も、茉莉花のような勘の良さもなかった。食べることが大好きで美味しそうに目を細めて食パンやオムライスを口にするその様子はファンの間でも絶賛されるほどだったが、その分むくみやすく、コンディションによっては、ごく普通の少女にも見えた。一流のパフォーマンスを見せる時もあれば、真面目にレッスンを重ねていたにもかかわらず、ふるわない時もあった。気立てがいいのに誤解されるような物言いも多く、賞賛と同じくらい批判も浴びた。でも、それこそが彼女の大きな魅力でもあった。生身の女の子のみずみずしさと作りものではないキャラクターから、誰もが目を離せなかった。

同時に、デートクレンジングが結成時のコンセプトから徐々に外れてきたのは彼女のせいかもしれない。従来のアイドル像を打ち破るようなグループを、と実花は意気込んだが、発展途上でどこか空洞のある旧来のアイドル要素を持つ春香は、どうしたって保守層の関心をも集めた。いつの間にか、グループ全体にも正しさと処女性が求められるようになっていた。

それでも、春香を守ることに、他の少女たちは誰も疑問を抱いていなかった。一番年下で甘ったれのくせに、時折母親のような優しさと包容力を見せる彼女に、実はみんなが支えられていたのだ。春香が自分よりはるかにスキルの高いメンバーの頭を撫でたり、抱き締めたりする姿を、実花は数え切れないほど目にしていると言っていた。足の引っ張り合いが起きたという話を一度も聞いたことがないそうだ。休業あけの春香に向かっ

て茉莉花がステージで、

——うちらが一番の春香推しだから。

と、涙ながらに告げた話は美談とされている。

トイレに入り、便座に腰を下ろした。

アイドルがアイドルのファンになることもある。自分が十代の頃は、女が女を応援することは奇異の目で見られたけれど最近は普通のことだ、と実花も語っていた。芝田の言うように、形を変えた見下しだとか時間の無駄だとか、そんな風には思えない。

スティック状の妊娠検査薬の小窓の向こうにこれまで一度も目にしたことのない、青い柱がすっくと浮かび上がる。これで満足だろ、とでも言いたげなどこか不遜(ふそん)な佇(たたず)まいだった。

妊娠検査薬を手にトイレを後にし、心配そうに待っていた夫に結果を告げると、彼はまじか、と小さくつぶやき、おめでとう、と言うと、力が抜けたようにどさりとソファに腰を沈めた。佐知子はその隣に座り、肩にもたれた。夫からは自分と同じシャンプーの匂いが立ち上る。正面を向いたまま、互いの指をからめたら、そこからゆっくりと血が回り出すように、あたたかい。ずっと待ち望んでいた瞬間だった。夫のぼさぼさの指の毛が、そよそよとこちらをくすぐっている。このような人生の重要な局面でなお、どうして実花のことばかり考えているのか、よくわからない。

午前中、彼女は店までやってきた。カウンターに腰を下ろすと、いきなり口を開いた。

――ごめんね、さっちゃん。昨日の芝田さんは、さっちゃんに対して失礼だった。フォローしなかった私も悪い。言いにくいんだけど、もちろん、さっちゃんがいけないわけじゃないんだけど、芝田さんと一緒にいると、その……。

楽しいの？　佐知子はそう問うた。頼むから、否定してほしかったが、実花は見たこともないほど、苦しげな顔つきになった。状況を察したのか、義母はいつの間にか、音もなく二階に上がっていった。

――楽しいっていうか、それこそ、嘘ついたり無理しなくていいから、楽なんだ。さっちゃん、昔っから、私のこと、すごい人だって思ってくれるじゃん。そのこと、感謝してる。すごく救われてる。誓うけど、嫌だなんて思ったことは一度もないよ。

鳩が猛り狂い、十時を告げた。うるさいとさえ、もはや思えなかった。ここを立ち去り、今すぐに横になりたかった。鳩はやっぱり、芝田そっくりの無感動な瞳をしていた。

――でもね、デートクレンジングを春香が辞める時に、こう言ったの。マネミカといると時々きついんだって。絶対的に信じてくれて、春香ならやれるって、ありのままで勝負できるって。そうやって励まされるたびに、辛くなって身体が動かなくなったって。あの時は、びっくりしたし、ショックだったけど、今ならわかるよ。あまりにも身近な場所にファンがいるって、時々、きついんだよ。

――私は実花のファンなの？　友達じゃなくて。

一度も実花と喧嘩をしたことがない、と言ったら、夫も義母も驚いて、仲がいいんだね、と目を細めていた。違う、実花に片思いをしているようなものだから、喧嘩にさえならなかったのだ。自分はよほど暗い顔をしていたのだろう。実花は耳まで赤くして、懸命にとりなしにかかった。

――だから、さっちゃんが悪いんじゃないよ。ただ、さっちゃんの前だと、見栄張ったり、嘘ついちゃう、私が問題なんだって。

夫に出会う前の、とある恋の終わりを思い出した。なんだか、あのフラれる時に空気がそっくりだと思った。

――芝田さん、ああ見えて、いつも不安がってる。今は仕事が途切れないけど、正直そこまで書きたいものも、蓄積もないし、毎晩不安で不安で、ついお酒飲んで流されたり、好きでもない相手とデートしたりするんだって。

じゃあ、やめればいいのに。だって、彼女の書くものは誰の胸も打たず、救ってもいないのだから。咄嗟にそう見くびったこちらの心を動きを、実花は読み取ったらしい。自分は今、目を背けたくなるほど醜い形相をしているのだと、実花の白い顔を見てよくわかった。

――でも、そんなにみっともない部分までさらけ出してくれた人、今まで、いなかったの。すごく気が楽になれた。さっちゃんのまっとうさが、今の私には、きついのかも。さっちゃん、無理して婚活している私を見るのが、嫌なんでしょ。わかるよ。かっこ悪いもんね。自分でもわかる。でもね、私、もう孤独でいたくないの。こう見えて、自分を変えようとしてるの。努力してるつもりなんだ。

引き下がったのは打ちのめされていただけではない。吐きそうだったのだ。彼女が店を出るなり、朝食のクロックムッシュをトイレですべてもどした。

検査薬の小窓の向こうを見る時はいつだって、深い失望とかすかな安堵を感じるのが習い性だったから、今はまだ感情が上手くまとまっていない。

わかるのはこれだけだ。これで、間違いなく、実花と佐知子の別れは決定的になった。これまで以上に、佐知子は幸せな人間として、闇のない、いや、あってはならない人間と決定付けられ、実花を理解したり愛したりすることは、もう友情ではなく、貴族の遊びのようなものと断定される。

他の誰でもなく、世界にそれを決められているから、抗うことは不可能だ。

ずっと見ないようにしてきた、ある予感が浮かんでくる。女の世界で満たされているかに見えた実花。それはこちらにとって都合の良い幻で、結局彼女も、そして自分も、異性に守られることから逃れられないのではないか。実花に女の世界に戻ってこいと言う佐知子自身が、これから十ヶ月、夫のサポートなしで暮らしていくことは不可能だ。

現在の生活さえ彼に支えてもらっているのだから。

すぐに、身体が思うように動かなくなる。あんな風に歌い踊ったり、戦ったり、酒や煙草のある場所に出かけていけなくなる。大きな流れに押し流され、今確かにここにいる自分が消えていくこともわかる。実花と話が通じ合わないことも、今にきっと悲しまないようになる。

「どうしたの？」

夫に声をかけられ初めて気付いた。頬を涙が伝い、薄手のニット素材のロングスカートにぽたぽたと落ちていることに。お腹回りがゴムだから、妊娠中もはけるだろう、と考えている自分が悲しかった。佐知子はもはやあきらめて、告白してしまうことにした。すべてが始まったあの時からのことを。

「時間がないんだよ。私たち……」

「え、ちょっと、何言ってんの」

「やっと赤ちゃんが出来たのに、そんな風に感じるのはおかしいのかもしれない。でも、よくわからないけど、時間がどんどんなくなるの。私たちの周囲から。考えてみたら、それは店にあの鳩時計が来た時からなんだけど。伝染病みたいに焦りが蔓延（まんえん）してる」

「ちょっとよくわからない。詳しく話してよ」

本当は、口を開くのさえおっくうだった。舌がねばついていて、上手く動いてくれない。異性にこのニュアンスは絶対に伝わらないだろうとわかっていたが、しかたなく説明を始めたのは、もはや芝田への反発心からだった。彼女の言う、男を同じ人間とは思わず、距離を置いて賢く操縦せよというルールを、どうしても受け入れることが出来ないのだ。スマートな処世術に見えるが、形を変えたコミュニケーションの拒否ではないだろうか。スナックで佐知子を無視し続けた態度にも、共通する何かを感じる。

実花を救いたいが、実花が求めるものは女の世界の外にあるものだった。それをやめろ、という権利は既婚者の自分にはない。これまで二人で過ごした日々が無意味だったのではないかという不安に押しつぶされそうだ。わかるのは彼女を「無理しないで」と説得し、「ありのままのあなたでいい」と安心させるだけの力がまるでないということ。彼女があああも焦っているのは、自分が揺るぎない何かを提示できないせいだ、とどうしても思ってしまう。

夫は茶化さずに黙って頷いているが、人生の一大事に、赤の他人とのいざこざを話し始める妻はどんな風に映るのだろう。話し終えても、夫は唇を結び、何やら考え込んでいる。うんざりされるに決まっている、と身構えたが、ややあって夫はごく冷静な調子で、口を開いた。

「さっちゃんって、今の暮らし不満？　俺との結婚後悔してる？」

「そんなことないし、『ミツ』が嫌なわけじゃないけど、でも、独身で仕事続けてたら、違ってたのかなって思う。自信を持って、実花と対等にものが言えたかなって……。こんなこと言ってるけど、私が間違ってるのかなっていう不安が消えないの」

「わかった。さっちゃんが言ってること、俺、わかるよ」

夫がそれから口にしたことを、佐知子はこの先、一生忘れないだろう。

「でも、それ、さっちゃんと実花ちゃんだけの女の問題っていうんじゃないと思うよ。結婚しなきゃだめだって思い込んで自分らしくないことを無理にして、昔からの友達と疎遠になるのって、それ、個人の責任や努力で解決しなきゃいけない問題なのかな？ さっちゃんが、実花ちゃんが強くなれば解決することなのかな？ 俺にも関係あるし、母さんにも、うちの商店街全体にも、なんなら俺たちのお腹の子にも関係あるんじゃないの」

夫はいたって大真面目だった。天然パーマがくるくると渦巻き、後光のようにその表情を彩っている。普段とまるで違う、落ち着きのある声と表情だった。ああ、この人は私よりずっと早く、親になる準備を整えていたんだ。

「それ、もっともっとデカイ問題だよな。話ちょっと違うけど、うちのメーカー、体質古いじゃん。ノリも体育会っていうか超男社会。お世話になった女の先輩が、独身ってだけでやりづらかったり、育児と両立できなかったり、そうじゃなくても出世が遅かったりして、転職してくの、何度も見てる。男側には男側で、結婚して妻子養わなきゃ一人前じゃないとか、仕事面でも大黒柱ならこれくらいのこと気合で乗り切れとか、飲み会では宴会芸マストだし、育休取ったやつまだいないし。それに昔から、母子家庭だってだけで、母さんが嫌な思いしてるの隣で見てたの、一度や二度じゃないし。上手く言えないけど、さっちゃんの言うモヤモヤの種類はわかる。ざっくり言うと、見えない差別に負けたくないってことだろ。独身の親友が差別されているのを見るのが嫌だし、既婚者の自分も差別されたくないし、する側に回りたくもないんだろ。そんなの関係なく実花ちゃんとずっと友達でいたいってことだろ」

　佐知子は思わず、深く顎を引いた。

「さっちゃん、一人で差別に立ち向かうのはやめろ。差別ってのはやっかいなんだよ。準備もなく丸腰で向かっていったら、すぐに食い殺されるよ。今の実花ちゃんがそれに近いよ。いや、その芝田さんってのが実は一番の被害者かもな。だから、倒れないように、俺や母さんも巻き込んでいいよ。家族はチームなんだからさ。よし、決めた。これから、その鳩時計、壊しにいこうよ」

　あっけに取られて、真剣そのものの夫の顔をまじまじと覗き込んだ。自分が向き合っているのはよく世間では、くだらないとされている、スルーするのが常に正解、つまりスルー出来ない人間にすべて問題があるとされる、女同士のちょっとした行き違いやゴタゴタのはずだったのに。まともに立ち向かっていいのだ、と諭されると、急に辺りが明るくなめらかになり、夫のぴかぴかな肌の延長になったように感じられた。

「ありがとう。でも、なにも壊さなくても……。単に私と実花が気になってるってだけで、時計に非はないわけだし。せめてお義母さんに事情を話して片付けてもらうとか。奈美枝さんにも悪いし」

「なんの原因もわからないまま、動かなくなったって方が全員にとっていいだろう？　故障したから取り外したっていうのなら、母さんだって商店街の人たちに後ろめたくなくていいよ。だって話聞く限り、諸悪の根源はあの鳩時計じゃん。チクタクチクタクうるさくて、みんなを意味なく急き立てている。俺も、実は前から苦手だったんだよな。どうせ、奈美枝さんもなんの気なしに遺言に書いただけだろうし」

「そんな簡単に壊せるもの？」

「おいおい、なんのための家電メーカー勤めよ。軍手、どこかにあった？　あとペンチ。あ、ドライバーもいるか。そうか、日曜大工セットごと持っていくか」

二人はそれぞれ軍手をはめ、工具を手に外に出た。人気のない夜の商店街を「ミツ」目指して並んで歩いていく。どちらからともなく軍手越しに手をつないだ。靴の裏が羊羹のようなアスファルトをすべっていく。夜風に冷たい木の葉の香りがした。

　これから実家に忍び込んで器物を破損しようというのになんだかデートみたいだった。本当に好きな人と、二人で決めて同意があって出かけていく、本物のデートだ。佐知子は自分の年齢も、状況も、妊娠していることさえ、忘れかけていた。

夫もまた、時間を止めることが出来る人なのかもしれない。

実花のいつかの言葉を思い出した。

――私たちが戦うのはデートじゃなくて、デートの呪いだからね。

夫と共に生きていくことで、子を持つことで、実花と引き離されるのは、身を引くのは、間違っている。胸を張り、今の佐知子のまま彼女に会い続けたい。

「子供が無事に生まれて保育園に入れたら、また外で仕事始めたい」

ずっと心の中にあって、どうしても言葉にならなかった願望だった。

「賛成だよ。これからは金もかかるし、『ミツ』はまたバイト探せば済むことだしさ。俺、社食で働いてるさっちゃん見るの、好きだったよ。母さんも賛成すると思う。俺もさ、育休取れるように本気で会社に掛け合ってみるからさ」

家族っていうのはチームでいいんだ。だから、家族を作ろうとするなら、チームメイトとして誠実に向き合っていく姿勢を見せるのは、開き直りでもなんでもない。男受けとか愛されるテクニックとか、なんの意味もなさないものなんだよ。本気で婚活をするのなら、自分そっちのけでアイドルを守ってきた実花の人間力さえあれば、それでもう十分なんだよ。どうしてそれを上手く伝えられなかったんだろう。

鍵を開け、店に足を踏み入れた瞬間、咄嗟に懐かしいと思った。いつも通りの、椅子をテーブルの上に伏せた、真っ暗な閉店後の店内なのに何故だろう。
暗闇に目が慣れる頃にようやく悟った。なんの音もしない以前の「ミツ」に戻ってい
たからだ。スマホで時間を確認した。
「ねえ、なんか、変じゃない？　今、ちょうど十時なのに、鳩が鳴かないよ。そもそも、
音もしないなんて」
あの大きな時計の音に急かされずペースを乱されなかったなんて、奈美枝さんは、強
い人なんだなと思った。日々を楽しむことが忙しくてそれどころではなかったのかもし
れない。もしかすると、彼女がこの時計を寄贈したのは、佐知子たちに何かを気付かせ
たかったのではないか。そう口にすると、
「うーん、単に耳が遠かったんじゃないのかなあ」
と、夫はひそひそと言った。
夫はスマホのライト機能を頼りに、手近な椅子を引き寄せ、スニーカーを脱ぐと、そ
の上に立ち、軍手越しに時計を探り始めた。明かりをかざして見ると、やはり時計の針
はぴくりとも動いていない。二人で顔を見合わせていると、背後で声がした。
「うるさいから、夜は振り子を止めているのよ」
パジャマ姿の義母が、住居スペースと店の境に立っていた。二人は何も口に出来ない
まま突っ立って、彼女と向き合う格好になった。義母の表情はいたってのんきだったが、

手には固くゴルフクラブが握り締められ、月の光を受けて、血管が青く透けていた。

## 6

「ミツ」に再び、静寂が帰ってきた。

以前のような、バターと珈琲豆の匂いに守られた、丸みのある空間に逆戻りした。カフェオレ一杯で何時間もねばるシニアチームの賑（にぎ）やかなテーブルや、いつまでも文庫本から顔を上げないエスケープ中らしき営業部員風男性が、再び目立つようになった。誰もがほっとしているのがわかる。二週間経とうとする今なお、常連は誰一人として、修理してくれ、とは言わないのだから。あの日から義母と夫と佐知子は共犯関係となった。扉が閉じたままの鳩時計を見上げるたび、佐知子は奈美枝さんにたいして申し訳ない気持ちを味わっている。

とはいえ、週五回の勤務が週三回に減った上、半ば強制的に早めに切り上げさせられている今、「ミツ」で過ごす時間はこれまでの半分以下になっている。安定期に入るまでは、極力立ち仕事を控えた方がいい、という義母の有無を言わさぬ命令によるものだった。いつも上の空でそわそわと浮かれている夫と対照的に、義母はどこまでも冷静で、湯気を立てているピラフやナポリタンの皿を手にするだけで、青ざめてしまう佐知子の様子にいち早く気が付いた。

香りの高い熱のある食べものが、今はなによりも苦手である。冷えていて、酸味があって喉越しの良いもの。肉や魚は気配からして受け付けない。スーパーマーケットのお惣菜売り場は歩くだけで、口の中が酸味でいっぱいになり、うずくまりそうになる。義母はよく夫がお腹にいた頃の話をしてくれる。吐いてしまうのではなく、ひっきりなしに何かを口にしていないと具合が悪くなるタイプのつわりだったそうだ。義母が作る、妊娠中に好きだったという、硬めに炊いたご飯に梅干しを叩いたものを混ぜ込んだ、ゴルフボール大のおむすびを冷ましたものは、どんな日であれ、美味しいと感じている。

安定期に入るまでは、と実の両親にさえまだ報告していないのに、義母はこちらの体調の流れをつかみ、環境を整え始めていた。こんなに甘えていいのだろうか、という申し訳なさもないではないが、今はあまり深くものを考えられない。いつも頭がぼんやりしていて、ねばついた眠気を引き剝がせない。十二時間ぶっ続けて寝てしまうこともあるし、食材を見るだけで憂鬱になり、夕食を作れない夜もある。もし、どこかに勤めていたらこれくらいのことは噛み殺さねばならないのに、と思いつつ、常に誰かに寄りかかってまどろんでいたいような気分だった。来年の今頃には、自分のことなど二の次三の次になることが決まっているとなると、どうしても己に甘くなってしまう。気付くと、寝そべったままスマホを引き寄せ、何時間でも妊娠に関する情報を検索してばかりだ。

高齢出産のリスクについては、ぬかるんだ闇に引きずり込まれるような気がしたので、もうこれぞという書籍以外の情報は見ないことに決めている。そうでなくても、近所の大学病院で高齢出産に関する分厚いパンフレットをもらってから、常に3と5が頭を離れず、何かの拍子に足の間からするっと命が落っこちてきそうな妄想が消えない。咳ひとつするだけで、朝起きた時にレッグウォーマーが脱げているだけで、何かとんでもないしくじりをしたように、びくついてしまう。

ひょっとしたら、芝田や実花も、たくさんの男たちに笑顔を振りまき彼らのプライドを傷つけないように気を配りながらも、同じような種類のストレスを味わっているのかもしれない。すなわち何かを見落としたり、小さなルールを一つでも忘れたりしたら、取り返しのつかない失敗を犯してしまうのではないかという緊張感だ。

時間はまだまだある。時間は全然ない。そのどちらとも言えるグレーの季節の中を、いつの間にか、佐知子たちは歩いている。このトンネルを抜け出したら、例えば四十五歳になったら、再び友情の蜜月が待っているのだろうか。それよりもっと早く、出産を無事終えたら、すっきりとした心持ちで、自分の暮らしを守ることが第一となり、実花が何をしていようともう気にならなくなるものだろうか。遠くから彼女の幸せを願うだけで、十分に満足できるマリア様のような心境に到達できるものだろうか。保証は何もない。トンネルの出口から漏れる光さえ、まださっぱり見えてこないのに。

検索エンジンに、数え切れないほど打ち込んだのは「妊娠　報告　独身　女友達」というキーワードだ。

あらゆる妊婦用の掲示板に出入りした結果、独身の女友達に妊娠を報告する時は、タイミングや時間、言葉選びなど、細心の注意が必要らしいことがわかった。今までは、実花との関係にマニュアルを持ち込むことはなかったし、そうした気の遣い方こそが二人には似つかわしくないように思えていたが、今は見知らぬ誰かの経験にすがってでも、出来るだけ失点を減らしたかった。

圧倒的に多いのが、妊娠を機に独身の友達とは距離が出来たという報告である。そのことさえ、まったく気にならなくなるほど、出産以降はめまぐるしい毎日の連続で、いつの間にか彼女に代わる、新しい仲間や理解者が出来てくるとのことだった。反対に、女友達が妊娠した瞬間、別の人格に乗っ取られたようで、違和感や疎外感を覚える、という出産未経験の女性からの投稿も目立った。

誰もが結婚や妊娠を境に、友情に隔たりが出来るのは、ごく当たり前の、避けられない仕方がない事態と捉えているようだった。腹の周りに時限爆弾かダイナマイトでも巻きつけているような気さえする。そんな風に感じるのは、良い母親にはなれない証拠なのだろうか。そっとお腹を撫でてみても、育児エッセイに書いてあるような、揺るぎない熱い何かが湧き上がることはない。とにかく、何もしくじることなく、日々を過ごせればそれでいい、という消極的な目標があるだけだった。

　妊娠を報告しようにも、あの日から、実花はこの店に姿を現さない。ひょっとすると事態はもう取り返しのつかない段階に来ているのか、という予感が拭えない。LINEやメールもどちらからともなく、途絶えている。

「このチラシ、もういいかな。外しちゃおっか」

　義母が店のあちこちに貼られた大学の収穫祭の告知を指差し、佐知子は我に返った。年に一度のイベントも終わり、街はようやくいつもの色合いを取り戻そうとしていた。

「捨てるの、もったいないですよね。そういえば、去年のも、どこかにファイルしたままだったなあ」

　基本的に佐知子はものが捨てられない性格だ。チケットの半券や絵葉書、ちょっとしたレシピメモなど、細々とした紙ものには特に、言葉にならない不思議な愛着を覚えてしまう。見返すわけでもないのに、クッキーの空き缶や、夫が会社でもらってくる社名入りのクリアケースに、いちいち滑り込ませているくらいだ。

「なら、いっそスクラップにしてみたらいいんじゃない？」

　義母は言い、窓際に座った初老の男性客のために食パンにチーズを載せ、トースターに収める。じじじ、という音がして、やがて香ばしい熱気とまろやかさが辺りに広がっていく。かつては心地よいと思えたのに、すでに喉の奥がかすかにえずいている。

「奈美枝さん、そういうの好きだったの。添乗員時代の思い出とか、押し花とか、旅行先の写真とか、数え切れないくらいたくさん、ノートに貼り付けてあってね。実は、何冊か形見でもらって、時々眺めてるの。居間の籐のラックに差さってるわよ。早番でしょ？　よければ、もう上がって、参考までに見ていけば」

　義母に促されたのと、食べ物のにおいから逃れたかったのも相まって、佐知子はコルクボードに留められたＤＭやチラシをすべて手早く外すと、エプロンを身につけたまま、店を出て裏玄関に回る。レジ前から住居スペースにさっと引っ込むことも出来るが、客の目が気になった。鍵を開け、ゴルフクラブの立てかけられた玄関で、履き古したスニーカーを脱いだ。出入り口はレースのついたカフェカーテンで遮られているが、居間と店は地続きになっている。夫が社割で買ったプラズマテレビ、コタツの上には洗濯バサミで封じられた食べかけの袋菓子と折りたたんだ新聞が載っている。職場と日常があっけなく入り混じったこの空間のちぐはぐさが、佐知子は好きだった。電気の入っていないコタツに潜り込むと、ニスで光っている籐素材のラックを引き寄せる。義母が好むクロスワードパズルの雑誌やゴルフの専門誌に混ざって、奈美枝さんのものらしき手作りスクラップブックが三冊見つかった。そういえば、彼女の家で何度か見かけたことがあったような気がする。

　いずれも再生紙を利用したありふれたノートだった。無造作に広げた瞬間、外国製の白く粉を吹いた板チョコそっくりの匂いが広がった。窓際で丸くなっていたチイが短く鳴いて、こちらにすり寄ってきたところを見ると、奈美枝さんとあの家特有の匂いだったのかもしれない。何度も足を運んでいたのに、もう上手く思い出せない。数ヶ月ですっかり記憶から消えてしまった。

真っ先に目に飛び込んできたのは、色褪せた写真だ。三十代半ばくらいの奈美枝さんがぴったりしたツイードのツーピース姿で旅行会社の旗を手にし、ツアー客に囲まれている。走り書きされた説明によれば、七二年のドイツのデュッセルドルフらしい。おそらくはどこかの会社の研修旅行だろう。彼女を取り巻くのは、高度成長期らしく、自信に満ちた顔つきの堅いスーツ姿の男ばかりだ。奈美枝さんは、小柄でグラマラスな身体にファニーフェイスをちょこんと乗っけて、まるで彼らをかしずかせているように見える。若き日の彼女は、縁のあるメガネと大きな口がとびきりコケティッシュだった。

ビヤホールのナフキンに走り書きされたラブレターらしきものが貼り付けられてあり、どの男からのものだろうと、佐知子は目を凝らした。キャンディの包み紙に機内食のおしぼり、ホテルのメイドの残したメモなど、よくとっておいたな、と驚くほど細かい紙ものもコラージュされていた。ざっと目を通したところ、次のスクラップは八〇年代のパリとロンドンが中心で、最後はバブル終焉後の東京での暮らしが記録されていた。

内藤さんには申し訳ないが、今時の雑誌にはまったくない面白さで、それは何故なのだろう、と佐知子は夢中でページをめくる。高揚感と希望で浮き立っていた時代のせいだけではない気がする。今と違って情報もマニュアルも少ない中、臆することもなく、自分の勘だけで、異国も人間関係もぐいぐいと切り開いていた奈美枝さんの呼吸が感じられるのだ。ざっくりとした切り貼りも好ましい。ノートがすべて同サイズのごく最近のものであることから、リアルタイムで記録に残していたというよりは、奈美枝さんも佐知子と同じく写真やこまごまとした紙ものを溜め込むタイプで、晩年、時間を見つけてそれをまとめるのを趣味にしていたことがわかる。鳩時計、猫、スクラップブック――。奈美枝さんは死してなお、佐知子に何かを伝えようとしているのではないだろうか。

財布とスクラップブックを手に、そのまま表へと出た。「ミツ」の向かいの文房具屋に行くと、奈美枝さんと同じスクラップブックを棚から探す。手元がふと暗がりに包まれた。

「あ、あの」

見上げると、そこに遠慮がちに立っていたのは、外回り中らしき松本さんだ。彼の視線は奈美枝さんのスクラップブックに向けられている。

「あの、もしかして、奈美枝さんが愛用していたそれと同じやつ、探してます？　それ、うちから出しているノートなんです」

「え、どうしてご存じなんですか？」

言われてみれば、松本さんの会社のロゴがスクラップブックの裏表紙に印刷されている。

「あ、元気だった頃、ここで奈美枝さんが同じのをまとめて購入しているのを、よく見かけたんです。写真や切り抜きなんかを整理するのに、一番うちのが便利だって。でもそのサイズは、去年、廃番したんです。Ａ４だったら、まだ製造されているんですが。あ、ここにありますよ。もしどうしても奈美枝さんと同じ型番が欲しければ、社にサンプルがないか調べてみますが」

高い位置にあったスクラップブックの一つを松本さんはするりと抜き取って、こちらに差し出した。

「ありがとうございます。でも、どうしても奈美枝さんと同じじゃなきゃいやってわけじゃないんです。このＡ４でまずは試してみますね。スクラップ、初心者なんです」

久しぶりに松本さんに目を合わせて、笑いかけた。恨みは消えていた。松本さんがどんなに穏やかな人であれ、こちらが思うまま駒のように動いてくれるなんて、不可能なのだから。松本さんは奈美枝さんのスクラップブックをまだ、見つめている。

「やっぱり、昔の思い出を大切に取り出して、眺めて一人の寂しさを癒していたんですかね。あんなに楽しそうに見えたけど」

彼の同情めいた口調に、佐知子はつい反発を覚えてまくしたててしまう。

「私、そんな風に思いませんでした。最新の雑誌の切り抜きとかシールまで追加したりして、懐古趣味というより細かくアップデートされていました。松本さんのプロレス観戦だってそうでしょ？　一人の時間をただ潰すためのものじゃないでしょ？　最高に楽しんで集中して、その一瞬が永遠になるみたいな、そんな時間を積み重ねるためのものでしょ？」

どうやら二人は同じ顔を同時に思い浮かべていたらしい。ややあって、松本さんは遠慮がちにこう尋ねた。

「あの、実花さん、元気ですか」

「元気ですよ。気になるなら、連絡してみたらいいんじゃないんですか」

注意しても、少しだけ棘のある言い方になってしまう。スクラップブックを持ってレジに向かう佐知子を、松本さんが追いかける格好になった。

「言い訳になるかもしれませんが、先に実花さんに好意を持ったのは僕の方です。でも――」

口ごもる彼を見て、佐知子はたちまちばつが悪くなる。実花の婚活に関わると、自分の最も嫌な部分が噴き出してしまう気がする。

「こういうことはどっちが悪者というわけじゃないんで……。私も大人気ない態度でした。ごめんなさい」

　お釣りと商店街共通クーポンを受け取り、店を出る。完全に自分のためだけにお金を使ったのは久しぶりだ、と気付いた。松本さんは苦しげに見えた。リングに叩き付けられる寸前のプロレスラーはこんな顔をしているのかもしれない。

「実花さんは聞き上手で気遣ってくれた。でも、相手が僕じゃなくても、良さそうに感じました。なんだか、ずっと遠くを見ているように思いました。僕なんてただの通過点というか、駒の一つになったような気がしました。会っても会った気がしなくて、自分がそこにいないみたいな気がして。会えなくなって寂しいけど正直ほっとしてもいます」

　この人と自分は、ひょっとすると同じ景色を見ていたのかもしれない。あのやんわりと拒絶された手触りを思い出していたら、頬を撫でる風が冷たい湿度を含んでいることに気付いた。

「あの、その、その、レビューのことなんですけど、通販サイトの」

　恐る恐るそう聞くと、松本さんは一瞬きょとんとした顔をした後に、口元をほころばせた。

「ああ、実花さんのレビューですか？　面白かったですよ」

　松本さんと別れ、居間に戻る。コタツに潜り込むと、チイを膝に乗せ、店から取り外してきたＤＭとチラシを広げた。ただ、切り抜いて紙を貼り付けていくだけだったら、ほとんど見返さないような記録でしかないのだと思う。デザインを決めず即興で地図を描いていくこと、そして、今ここにある空気感や感情と向き合い、真空パックにすることが肝心だ。初秋の冷たい空気、高揚の後に訪れた街の静けさ、常連の学生たちの燃え尽きたような表情。学祭のチラシから、野菜や家畜のイラストを丁寧に切り抜いた。ＤＭからは開催日や研究テーマなどを切り抜く。しばらく腕組みして考えた末、コタツを出ると、カーテンを手で払いのけ、店内で洗い物をしている義母に向かって、

「もう捨てちゃう雑誌ってあります？」

と、聞いた。義母は入り口脇のマガジンラックに入っている、先月号の「ナンシー」と男性週刊誌を二冊同時に引き抜くと、こちらに差し出した。しばらく眺めた後、「ナンシー」からは、楽しそうにおしゃべりしているプリーツスカートのモデルたち、週刊誌からは葉野菜の高騰とＴＰＰに関する記事を切り抜くことにした。

ハサミを動かし、切り抜きの裏にスティック糊(のり)を塗りこめていると、頭がすっきり整理されるだけではない。実花、いや、芝田によって確かに植え付けられていたはずの、取り残されたような気持ちが、凪(な)いでいく。時間を無駄にしている、こうしている間に取り返しのつかないことになる、という不安が消える。甘い糊の匂いを嗅いでいたら、何故かあのよそよそしい清涼な病室が蘇(よみがえ)った。

実花の母親と一度だけ、電話で話したことがある。二年前のことだ。ツアーの直後、実花が過労で倒れ入院した。病院に向かう途中、たった今まで付き添っていたという彼女の母が、実花から番号を聞いたという佐知子のスマホに連絡をくれ、看病のあれこれを引き継いだ。実花の父を一人で放っておけないから早く帰らねばならない、もう新幹線乗り場だと、申し訳なさそうに言っていた。

——本当に佐知子さんには迷惑ばかりかけて、申し訳ありません。

どこか笑みを残しているようなやわらかい声だった。料理が得意で、近所に配るのが好きで、なんでも手作りしてしまうと聞いている。実際、実花の病室にはふかふかのタオルや自家製の漬物などが整然と並んでいて、看病しやすいように整えられていた。

——早く辞めればいいのに、と思ってるんです、あの仕事。あの子、本当は可愛いものが好きなだけの、普通の子なんです。早く誰か守ってくれる人が見つかるといいんですよねえ。昔っから、私の話はあまり聞いてくれなくて。強情な子ですけど、佐知子さんみたいな方がそう言ってくだされば、聞いてくれると思います。

子供の頃から、父の肩を持つようなことばかりしてお母さんにはいつも申し訳ないと思っている、と実花は言っていた。可愛いスカートやワンピースを手作りしてくれたことを、今では心から感謝しているという。でも、頭では彼女の側に立たねばとわかってはいても、話しているとどうしても反発を覚え、ぎこちない態度になってしまうらしい。

――私、お母さんをあの家から救いたいって思ってるの。でも、お母さんは救われたいとは思ってないんだ。なんだか私って、いっつも空回りだよね。男社会が作ったルールに縛られて身動きがとれなくなってる女の子を救いたいと思ってるんだけど、女の子は別に私なんかに救われたいとは思ってないの。それって私自身が誰より縛られてるからかもしれないね。

店仕舞いした義母にぽんと肩を叩かれるまで、佐知子は夢中で切り貼りを繰り返していた。

「え、ごめんなさい。閉店？　もう、そんな時間ですか？」

驚いて顔を上げた。コタツの周囲には切り屑(くず)が散らばり、指先は糊で黒ずんでいる。

庭は暗がりに包まれていた。義母は面白そうにスクラップを眺めている。

「ねえ、これお店に置かない？　去年の分のチラシも貼ってよ。あ、商店街のイベントのチラシとか、一回きりの限定メニューとか、細かい紙ものって溜まっているのよね」

「えー、恥ずかしいですよ。人に見せるなら、ちゃんとしたアルバムにします」

「なんか、きっちり作ったものより、こういう方が面白いじゃない」

先ほど自分が考えていたのと同じことを義母は口にした。

「さっきメールしたら、あの子も会社から、直(じか)にここに来るって。今日はここで三人で食べましょうよ。冷凍の餃子(ギョウザ)と切り干し大根の残りとトマトとゆで卵のサラダしかないけど。どれか食べられる？」

義母のこういうところが好きだ。食べたいものがあるかと聞いてこちらを恐縮させるのではなく、今あるものを教えて、どれなら食べられるか、と選ばせるところ。

「トマトのサラダをお願いします。あ、残ったピラフにレモンをかけて食べようかな」

佐知子は立ち上がり、腰を伸ばすと、「ミツ」の厨房に下りていく。炊飯器を開けて、タッパーに残ったピラフをよそう。手についた米粒を口にふくんだら、冷めているのでぱらぱらとほどけて、あっさりと喉を通っていった。誰かのために心を砕いた時間は、もしかすると最終的に自分に還元されるのかもしれない。実花のためのピラフに、今確かに救われている。もし、このまま実花が帰ってこなかったとしても、彼女と過ごした時間は、この身体に宿っている。そう考えたら、少しだけ、慰められた気になって、釜をよく洗った。小さなげっぷが出て急に胃が軽くなった。

7

ぬかるみに引っ張られそうになったら、切り抜いて貼る、それが佐知子のルールになった。

手を動かしていると、つわりを忘れられるし、不安が消えるばかりではない。捨てられないでいた雑誌の切り抜きやワッペン、リボン、チケットの半券が、一冊のノートの中にぐんぐん吸収されていく様を見るのは快感だった。ただの切れ端やガラクタが時系列に整理されるだけで、自分が歩いてきた道のりを浮かび上がらせる。それでいて、後ろを振り返っているという感じはあまりない。義母や常連にリクエストされるままに、商店街のキャンペーンチラシやイベント情報を切り貼りするうちに、松本さんの会社のA4ノートはいつの間にか、三冊に及んでいた。

「なかなかいいセンスしてるじゃーん。佐知子さん」

本日最後の客となった内藤さんが、カウンター席でスクラップブックをめくっている。

「すみません。内藤さんのお仕事をずたずたに切り裂いちゃってますよね」

彼女のページにはちょうど、半年前の「ナンシー」のグラビア記事が貼られている。店仕舞いがあらかた済んだので、義母とカウンター内に並び、食洗機から出したばかりの皿を拭いていた。

「そんなことないよ。読み捨てられるより、ぜんぜん嬉しいよ。そういえば、私の若い頃ってまだ、切り抜き文化だったなあ。今の子はネットで見つけたお気に入り画像を保存、って感じになってるのかな。佐知子さんはどうだった？」

「たぶん私が、好きな芸能人の切り抜きを下敷きに挟んでいた、最後の世代かもしれませんねえ」

そう言いながらも、佐知子自身にそんな経験などなかった。ただ、蘇る光景は数え切れない。名前も忘れてしまったクラスメイトが、大切そうにノートに挟んでいたジャニーズの切り抜きが入った下敷きや、塾でちらりと目に入った前の席の女の子が広げた海外スターのコラージュ。彼女たちは今でも、彼らを愛しているのだろうか。それともとうに、憧れも冷めて、授業中に胸を焦がしたことさえ忘れているのだろうか。

「そういえば、実花は大人になっても同じようなことしてたなあ。自分が担当するアイドルたちが雑誌に出ると、大事に切り抜いて、スクラップしてました。内藤さんの書いてくれたデートクレンジングに関する記事も、そりゃもうとびきりのキラキラのシールで取り囲んでたっけ」

自分が発したつぶやきが、傍の義母と常連さんをなんとも言えない表情にしていることに気付いた時、内藤さんはもどかしそうに言った。

「ねえ、そんなに会いたいなら、会いに行けばいいじゃない。今の佐知子さん、それこそ、アイドル語るファンの目だよ。オタは現場に行け、が実花さんの合言葉だったじゃない」

何故かため息まじりで、じりじりじりと焦がれるような調子だった。

「実は今夜、千駄ケ谷のホテルで、読者限定の婚活パーティーがあるんだよ。私、人数合わせで声かけちゃったんだよ、実花さんに。ああいう誌面映えする人はこういう時、重宝するから。どうせ芝田さんも一緒だと思うけど」

「え、内藤さん、婚活にあんなに否定的だったじゃないですか！『ナンシー』では確か副編集長ですよね？」

「仕方ないじゃない。私も食べていかなきゃいけないんだから、目玉企画をわざわざ潰したりしないよ。ねえ。今から一緒に行かない？　担当者で現場は回せてるから、別に顔出さなくてもいいかなと思ってたんだけどさ。ミツさん、佐知子さん借ります。いいでしょ」

内藤さんは早くも、義母に向かって身を乗り出している。佐知子は渾身（こんしん）の拒否を込めて、湿った布巾を握り締めた。その様子を見てとっても、彼女は譲る気はないらしい。

「私は今でも思うよ。結婚にやっきになっていたあの頃、目をつぶって、違和感の中に飛び込もうとしてる私を身を挺（てい）して止めてくれる誰かがいたら、どうだったのかなって。何年無駄にしないで済んだのかなって」

内藤さんの言うことは、矛盾だらけだった。でも、そこには実花への本物の思いやりが見て取れた。

「もうここまで来たら、やるだけやった方がいいよ。いってらっしゃい」

そう言ったのは、その日最後のソーダにアイスクリームを載せている義母だった。

それじゃパーティーにあんまりにも普段着だから、と内藤さんが自分が揺らしていたイヤリングを外し、貸してくれた。

少し迷ったが、千駄ヶ谷駅から歩いて五分のそのホテルに入る手前で、内藤さんに見つからないように、バッグの手持ち部分からマタニティマークを取り外して、スカートのポケットに仕舞った。まだ身につける時期には早いのだろうが、区役所で受け取ってからというもの、万が一のためにいつも目立たない場所にぶらさげている。実花に気付かれるより早く、自分の口で報告したかった。あたりはすっかり暗く、車寄せをぐるりと取り巻く木々と植え込みが、湿った冷気を漂わせ深い森にいるように思えた。

二階ロビーを通り抜け、重たい扉を押すと、人いきれと様々な温かいバイキング料理の入り混じった匂いがここまで漂い、早くも吐き気がこみ上げてきた。生クリームやバターをたっぷり使った洋食は、今もっとも避けたい食べ物だった。同世代の男女をこんなに大勢目にするのは初めてで、佐知子はふかふかの絨毯(じゅうたん)の上にしばし立ち尽くした。男女の割合は半々というところだろうか。自分の身体の中で今何が起きているかが公開されたら、たちまちこの場からつまみ出されるのだろう。そう思うと、自分が地球侵略をたくらむ違う星の生物にでもなった気がして、動悸(どうき)が速くなってくる。

すれ違う男の何人かと目が合ったが、すぐに逸らした。奈美枝さんのスクラップブックに貼られていた男たちと何かが決定的に違う。食生活の変化のせいか、背格好ははるかに目の前の男たちの方が優れているのに、内側から滲み出るエネルギーのようなものがまるで感じられないし、自信をみなぎらせた表情も見当たらない。それなのに、あの時代から、女が控えめに振る舞い男を立てるという、お見合いや出会いのルールは何一つ変わっていないなんて、なんだか不思議に思えた。

実花の方から気付いたらしい。困惑しきった大きな瞳がどんどんこちらに近付いてくる。前回会った時からあまり時間が経っていないのに、懐かしさで胸が苦しくなった。

「実花さん、久しぶり。今日は忙しいのに、どうもね。出かけ際に、佐知子さん見つけたから、無理言って連れてきちゃったんだ」

傍にいた内藤さんはそれだけ言うと、さっさと主催者側のブースに立つ編集者たちの方に小走りで去っていく。実花はぎこちなく佇み、先ほどまで話していたらしき男にちらりと目をくれてつぶやいた。

「あの人ね、釣りが趣味なんだって」

あまり興味がなさそうな証拠に、それきり彼女は口を閉ざした。ここに自分がいることがどれだけ彼女のプレッシャーになっているか。考えただけで、手足の動きはぎこちなく、舌がもつれる。

「いつもと、感じ違うね」

実花の身につけている生成りのニットのセットアップは、襟(えり)ぐりが広く、さりげなくスリットが入っていた。随分と実花には似合わない素材を選んでいるように思えた。潤いのないウールは、実花の蜂蜜(はちみつ)色のしなやかな身体を虐(いじ)めているようだ。胸を飾るネームプレートは名前と職業が書かれているだけなのに、なんだか彼女の値札のように見えた。

「うん、芝田さんに習った婚活ファッションなの。こういう、あまり華美じゃなくて年齢相応の普通っぽいOL風の服が、男の人を一番驚かせないし、疲れさせないいんだって」

実花はなんの感情も浮かべず、すらすらと口にした。言われてみれば今の彼女は、あのスナックでの芝田の出で立ちにそっくりだった。誰のこともおびやかさない代わりに、本来の彼女の持ち味である匂いや雰囲気は殺されている。彼らのために折れているというよりも、やっぱり最初から向き合うことを拒否しているみたいだ。せり上がってきた言葉を飲み下し、佐知子は手提げからA4ノートを引っ張り出した。

「急に来てごめんね、邪魔するつもりはないの。これを渡したら、すぐに帰るよ。これ、スクラップブックなの。実花と私が出会ってから最近までのこと、少しずつまとめてるの」

それは店に置くものと並行して少しずつ作っている、実花との記録だった。彼女はスクラップブックを開くなり、小さな歓声をあげた。

「あれ、ちょっと待って。これ、一緒に行った地下アイドルのライブの半券?」

一瞬、以前のような空気が戻ってきたことで、佐知子は嬉しくなって、どんどんページをめくってみせる。二人の写真や映画のチケット、大学の履修届の控え、一時期二人で通い詰めていたスーパー銭湯の割引券などがまとまっている。

「そう、これは実花が転職活動していた頃に息抜きで行った箱根(はこね)。お蕎麦(そば)屋さんの箸(はし)袋。美術館のチケット、小田急(おだきゅう)ロマンスカーの切符……」

「こんなものまでとっといてたんだー」

気持ち悪がられたらどうしよう、と懸念していたが、実花は目を輝かせて、夢中でページをめくっている。

「わざわざとっておいたという感覚はあんまりなくて、私、気に入った空き缶や封筒に、あれこれ紙ものを詰めておくのが、好きなんだ」

「じっくり読み込みたいな。これ、借りていい?」

言葉が嘘ではない証拠に、実花はスクラップブックから目を離そうとしない。

「あのさ、実花に芝田さんが必要な理由、こうやって私たちの歴史が可視化されると、本当によくわかる。私って本当に、仕事か実花しかなかったね。もし、自分が実花だったら、退屈だったと思う。与えてもらういっぽう。私はたぶん、ずっと実花に依存していたよね」

「そんなことないよ」

彼女はスクラップブックを閉じた。佐知子は壁にかかった時計を気にしながらも、考え考え話した。

「ううん。だって、実花といる以外の時間、私はずっと退屈だった。それを自分でどうにかしようとしてなかった」

先ほどの釣り好きの男が、すぐ傍で苛立ちながら実花を待っているのがわかる。この会話を早く切り上げなければならないのは重々承知だ。でも、せっかくつかんだこの時間をみすみす手放すわけにはいかなかった。焦りながらも、彼を目に入れないように少しだけ身体を傾けて、実花と向かい合う。彼女はようやく、こちらを見てくれた。

「そんなことないよ。私はさっちゃんに話聞いてもらえるの、ありがたかったよ。さっちゃんがいなかったら、たぶん、とっくの昔に実家に帰ってた。私、出会った時からコンプレックスの塊でさ。アイドルになれなかったこと、ずっとずっと引きずってた」

「え、さっぱりあきらめていた風に見えたよ。私、かっこいいと思ってた」

実花は恥ずかしそうに笑った。婚活を始める前の、佐知子がよく知る親友の顔だった。

「いやいや、嫉妬と未練の権化だよ。いまだに若い子たち見て、ジェラシー感じることがある。さっちゃんに、面白がってもらえたり、興味持ってもらえたから、なんとか自分を立て直せたの。感謝してもしきれないよ。でも……」

男は痺れを切らしたように踵を返すと、他の女に話しかけている。やはり、釣りの話から始めているようだ。

「さっちゃん、普通にしてても、同僚とも、お義母さんとも、お店の常連さんとも、和田さんとも上手くやれるって、どんだけすごいことか、わかる？　有名人の芝田さんにも平気で食ってかかるし、オタでもないのに、歌上手くもないのにいきなりフリコピするし、さっちゃん見てると、私がこだわってることとか、みんなが苦しんでる自意識ってなんなんだろうって思う」

女二人で向き合っている佐知子たちは、ここでは異様に映るらしい。誰もがちらちらと、薄気味悪そうな視線を向けている。それでも、まるで周囲を遮断するように、実花と佐知子は頑なに見つめ合い続けた。

「ここにいる誰か一人に選ばれなきゃ、私はこのままなんだよ」

実花の大人しいベージュに塗られた形の良い唇は、小刻みに震えているように見えた。

「永遠にアイドルになれなかった十九歳の女の子のままなんだよ」

異様なくらい目が大きく見開かれ、きらきらと輝いている。悲痛といってもいいのに、佐知子はつい見とれてしまう。自分は何か、重大な勘違いをしていたのではないか。実花が向き合っているのは、結婚相手探しではなく、かつて夫が指摘したように、もっともっと大きな問題かもしれない。

「そういうの、一番嫌がってた考え方じゃないの？」

「その通りだよ。でも、アイドルにハマればハマるほど、自分の矛盾に気付いちゃうんだよね。デートクレンジングのファン層でごっそり抜け落ちているのが、彼女たちと同世代の男性ファンだったの。最後までメジャーになれなかった理由は、実はその一点だけなんだよ」

「それってつまり……」

「ファンにとって、春香たちは励ましてくれる同志であり、姉妹であり、友達でもある。でも、恋人ではないんだよ。同じクラスにいるマドンナや連れ歩いて自慢できる彼女ではないんだよ。それはあの子たちが可愛くないからじゃなくて、癒したり、拙く振る舞ったり、献身してくれないから。日本ではどんなに演技が上手くて美しい女優でも、理想の恋人やお嫁さん像から外れたら、トップには立てない。わかるでしょ？」

　佐知子は用心しいしい、こう言った。

「それは成功ってことでしょ？　実花の戦略の……。アイドルは都合のいい擬似恋愛の相手っていう考え方に、風穴を開けようとしていたじゃない」

「そうしたかったし、それは恥じていない。でも、それだと根本から日本におけるアイドルっていう概念を否定することになるの。大手事務所の中には、自分のとこの看板女優に、いつパパラッチされても清純派のイメージを崩させないように、わざと野暮ったい服を着せるところもあるくらいだよ。つまり、婚活でのルールとまったく同じ。アイドルの正攻法の売り出し方は婚活と同じなんだよ。三十五歳になって初めて、アイドルと同じことをやっているのが今の私なんだよ。デートクレンジングのあの子たちにだけやらせなかったことを、私がやっているの」

それってなんだか——。禊とか償いみたいだ。そう考えて、佐知子はぞっとした。会場のざわめきが遠ざかっていく。

「私の中で葛藤があった。ずっと。こんなに日本のアイドルが好きなのに、異性の期待に応えたり、推しが頑張って応えていたりするのを見るのがどうしてこんなに嫌なんだろうって。だったら最初っから、アイドルから離れていればよかったのにね。いっそ、アイドルなんてくだらないって思える感性なら、どんなに楽だったか、知れないよ」

「異性の期待に応えなくたって、ずっと長くやれてる、技術重視の実力派だって日本にも、大勢いるじゃない」

「でもさ、さっちゃん。考えてみてよ。可愛いのが正義で、可愛くなきゃ許されなくて、ソロアーティストまでは絶対いけない、あと一歩の歌とダンスだから、刹那だから、スキャンダル一つで潰れる程度の人気で、グループ卒業後はほとんどが消えてしまうことをあらかじめ全員薄々わかっているから、いずれ消費され尽くすことがわかっているから、だからこそ、世界を変えるくらいすごい輝きがある女の子たちがいるのも、わかるでしょ？　そういう儚いのに、強い強いしぶとい魅力に、私はどうしても抗えないの。それも事実なの」

　あの日の、十九歳の実花がまさにそうだった。あんなにも佐知子を惹きつけたのは、彼女がアイドルに憧れるアマチュアの女の子であり、一生踊り続けられるわけではないということが、目の前の佐知子にもあらかじめわかっていたからかもしれない。あの頃の二倍近くの年月が、佐知子と実花の身体を流れている。当時の実花のような少女を産み育てていても、おかしくはない年齢に、お互い近付いてきている。それなのに、何一つ卒業できてはいない。佐知子は実花にやっぱり焦がれているし、実花はアイドルたちの輝きに今もとらわれつづけている。実花が愛してきた、今ではもう名前さえ覚えていない、歌も踊りもルックスも、あともう一歩というところの無名の女の子たち。媚と反発がないまぜになったぎこちない笑みを薄い皮膚に浮かべて、必死でこちらにアピールしていたあの子たち。

「問題は私の中にあるの。私、どうやっても、異性と上手く付き合えない。いいと思ってくれる人もいるにはいたけど、私の内面を知るとすぐにうんざりする。私自身、心から好かれたいとは思っていないのかもしれない。恋愛している自分も気持ち悪いの。父や兄の仲間になって男側でいたかった自分がまだ残ってて、女の私を笑ってる。性欲は普通にはあるつもりだけど、そんなのもはや一人でどうにでもなるし」

「じゃあ、なおのこと無理することないじゃない！」

実花は真剣そのもので、佐知子はそれだけで泣きたくなった。解散コンサートの日の春香たちの泣き顔と目の前の風景がマーブル模様のように混じり合い、一体何とこんなに戦っているのかわからなくなってきた。

「アイドルのオーディションに落ち続けたのも、根本には、その問題がどっかにあるんだよ。女の役割を押し付けられると、もう嫌で嫌で仕方がなくなる。でも、アイドルに擬似彼女の側面があるのも否定できない。十年この業界にいれば嫌でもわかる。異性の期待に応えてこそ成立する商売であることを、私はどうしても変えられなかった」

「ねえ、結婚とか恋愛とか男とか女とか関係なく、実花が実花の納得する道を行くんじゃだめなの？」

「そうだよね。わかってる。ずっとそう思ってきた。デートクレンジングがあんな形で解散するまでは……」

そう言うと、実花は言葉を切った。解散が決まった時、「ミツ」のカウンターで泣きじゃくり続けた彼女を、佐知子は慰めた。涙で濡れた顔をさっぱりした様子で上げると、実花は決して後ろを振り向かなかった。いや、振り向けなかったのかもしれない。

「私が、自分の抱える問題からすっきり解放されて、あの子たちを商品として売り出すことだけ、プロとして距離をとってシビアに考えていれば良かったのかな、って今でも毎晩思う。水着仕事とか接触イベントとか人気に直結するそういうやつ、割り切ってちゃんとさせていたら、その分ちゃんとあの子たちをケアして支えていれば、どうだったのかな、って思っちゃうんだよ。あの子たちを守っていたのか、自分の狭量さや理想という名のエゴで潰しちゃったのか、自分でもよくわからないの。私は強い、私は女の役割から自由、私は誰かを救えるって自信をつけるために、利用していただけなのかもしれない」

「そんなわけないじゃん。利用してたんだったら、あんなに慕われてないよ。最後の日のあの子たちの笑顔、最高だったじゃない。ねえ、実花、あなた疲れてるんだよ。夏の解散コンサートの後から、ちゃんと休んでいないじゃない。ね、デートを休みなよ。一回、ちゃんと休んで。全部はそっからだよ」

涙をこらえきれなかった証拠に、実花が優しく首を振るのがぼやけて見えた。

「私がちゃんと異性に好かれるように努力して、ううん、この世界からたった一人でも自分から好きになれるような相手を見つけ出すことが出来たら、この問題に決着がつくのかもしれない。もう片方の確かにそこにある世界といい加減、和解したいの。そんな目で見ないでよ。三十五歳の今、自分の可能性と力量を見極める、最後のチャンスなんだと思ってる。だったらもう一秒も無駄に出来ないんだよ」

目の端にあの、鋭角的な耳が飛び込んできた。今日は光のしずくのようなピアスに彩られているが、こちらを睨む目は淀んでいる。

「何してるの、ほら、せっかくこんなに男がたくさんいるんだから、あっちで話そうよ。ミカリンのことといいって言ってる人、いたよ」

もどかしそうに、芝田は実花のセーターの裾を引っ張っている。今夜の二人は双子のようによく似ていた。頭が熱でぼんやりして、喉の奥が痒い。胸のむかつきが耐えられないくらいに高まっていた。

「ごめんなさい。今、私が実花と話しているんです。あっち行っててください」

自分でも驚くほど、横柄な口ぶりになった。芝田の方も取り繕うことがどうでもよくなったようで、実花を押しのけると、猛然とまくしたてた。

「ねえ、誰も言わないみたいだから、教えてあげるけど、どんだけ自分がミカリンにとって、迷惑か考えたことあるの？　何もかも欲しいだなんて、贅沢なんだよ。あなた以外の女がみんな我慢してきたことだよ。男と違って、女は環境が変わったら、これまでの友達はあきらめなきゃいけないんだよ。環境が似たもの同士じゃなきゃ、女は仲良く出来ないようになっているんだから」

佐知子はふいに確信した。この人はひょっとすると、大切な友達を失ったことがあるのかもしれない。こちらの視線に、芝田は初めてひるむ色を見せた。

「実花を変えようとか、取り戻そうとするのは、もうやめました。私が変わります」

そう言いながら、語尾がどうしてもすぼまってしまう。ただでさえ、妊娠で行動範囲も狭まっているというのに、一体どうやって今の暮らしの中で、革命を起こすことが出来るのだろう。芝田はいつまでも不快そうにこちらを見据えている。背中を向けて歩き出しながらも、実花が追いかけてきてくれるといいな、という期待は扉が閉まりかける瞬間まで消せなかった。

「すみません、あの、ちょっといいですか」

扉の間を器用に抜けて話しかけてきたのは、後頭部がほんのりと薄い、ぶかぶかのスーツを着た細身の男性だった。

「さっきから、気になっていたんです。お話できますか」

「すみません、私、参加者じゃありません。あの、それに既婚者なんです」

「ミツ」の客ではない異性に声をかけられたのは久しぶりで、とっさに口角を上げてしまった。その男が去り際に、わからないくらいに小さく舌打ちしたのを、佐知子は聞き逃さなかった。ほっとしたのと同じくらいに傷つき、自分に失望していた。

この環境において、既婚で妊娠中というラベルは、佐知子を無価値にした。何をやっても、佐知子は透明人間で、ここにいることになんの意味もない人間だった。場違いなところに来たのだから当たり前、とその場をさっさと立ち去るには、持ち帰るものを何も手にしていなかった。

実花や芝田の何を責められるというのだろう。自分の中にも、異性に好かれたい欲はまだ存在するではないか。何かの弾みで、条件反射で引き出される類のものだった。ほんのちょっとした違いで、佐知子だって、期待を込めてこうした場所を訪れて、男を凌駕しないように振る舞うことに、心を砕いていたのかもしれない。それにしても、こうしてよく見渡してみれば、ノーブランドのねずみ色のVネックのセーターにプリーツスカート、ヒールのないパンプスに、内藤さんが貸してくれたシンプルなイヤリングを揺らしているという出で立ちは、芝田の提唱する婚活ファッションそのものだった。認めたくないが、こだわりを持たず、他者を圧倒するような個性や熱量をまるで持たない自分は、確かにこの市場で楽々と泳いでいけるタイプの女だった。

今すぐこの場ですべてを脱ぎ捨てて、素っ裸になりたくなった。ここにいるすべての男が、こんな女だけは嫌だ、面倒そうだと、顔を背けるような、エネルギーと主張を素肌にまとって胸を張りたかった。もっと自分らしいおしゃれを研究しよう、と胸に決めた。

佐知子はふと、立ち止まる。時を刻むくっきりとした音を確かに耳にしたのだ。それは、静まりかえったロビーに配された仰々しい応接セットと張りぼてのマントルピースを見下ろしている、天井まで届く大きな掛け時計だった。あの鳩時計を壊したとしてもこの世界から時を刻む装置はどうしたってなくせないことを、主張するような嵩高さだ。太く鋭い二つの針が今まさに、交わろうとしている。

いつになったら、私たちはタイムリミットから解放されて手を取り合うことが出来るんだろう。世界中にある時計を一つ一つ、金槌で壊して歩けたらどんなにいいだろう。

でも、それが不可能ならば——。

決して止まることのない、このカチカチカチという音と共存する方法を探るしかない。

ひょっとして、奈美枝さんが残したメッセージとはそういうことなのではないか。

その時、佐知子は初めて感じた。まるで時計の音が乗り移ったように、身体の中で何かが刻まれた気配がする。胎動と呼ぶにはあまりにも儚い、大きな手のひらで内側をそっと撫でられたような、そよ風さながらのコンタクトだったけれど。

マタニティマークを失くしたことに気付いたのは、帰宅して、夫にすべてを報告し終えた後だった。

8

甘い錦糸卵だけ、先にのけておくのが佐知子のルールだった。冷やし中華にさらに酢を回しかけ、からしをたっぷり添えて、よく混ぜ、麺をすする。このところ気に入っている食べ方を快く思っていないらしい中華料理店の主人が、カウンターから伝票を突き出しながらぶっきらぼうにこう言った。

「悪いけど、今日で冷やし中華終わりね。明日からもう十一月だから」

それだけのことで暗澹とした心持ちで、赤いのれんをくぐり、「ミツ」に向かって商店街をのろのろと歩き出す。

個人経営の書店の前でふと足を止めた。面出しされている、独身時代によく目を通していた、二十代向けのややモードよりの女性雑誌に引き寄せられたのは、見覚えのあるたまご形の顔を、表紙を飾る何人かの中に見つけたからだ。

半分刈り上げたショートカットに肩出しのドレスを着て、腰に手を当てている彼女は独特の風格があるが、よく見ると眼差しはあどけない。

「新専属モデル・才色兼備のクールビューティー・暮羽、初登場！」

その美女がデートクレンジングの元メンバー、野波暮羽だと気付くのに、佐知子は数秒を要した。有名大学に推薦で進み、あまり感情を表にせず、淡々と練習に励む彼女は、決して目立つ存在ではなかったが、すらりとした長身と伸びやかな手足、涼しい目元に落ち着いた物腰はいい意味でアイドルらしくなく、数はそう多くないが揺るぎないファンを獲得していた。デートクレンジングが、他のグループにはない、どっしりした安定感を維持していたのは彼女の存在によるところが大きい。個人的に言葉を交わしたことがある春香への思いは格別だが、その次に気になるのは彼女だった。実花の言葉を借りると、こういう愛し方を「二推し」というらしい。

実花が傷つくような内容だったらどうしよう、と一瞬身構えたが、特集記事を立ち読みしたところ、暮羽は二十三歳とは思えないほどたくみに言葉を選び、なおかつ率直だった。

――十年間のアイドル活動は私にとって宝物で、尊敬する仲間と切磋琢磨した時間です。でも、日本のアイドルには、純粋で無垢で、何よりも可愛いことが求められていて、そうした魅力は残念ながら私にあまりないものなので、自分の居場所はここにはないんじゃないか、とずっと悩んでもいました。これからはきっと私の中に存在するであろう、へんてこなパワーや面白さをどんどん発信していきたいと思っています。

インタビューの終わりには、彼女の初のスタイルブックが、来月末に発売されることと、それに伴う新宿の大型書店でのサイン会が告知されていた。八月の解散コンサートを機に、暮羽は実花の会社を辞め、大手のモデル事務所に移ったらしい。

切り抜きたい。ふいに強くそう思った。義務感ではなく、ただ単に、暮羽のしなやかな曲線に刃を沿わせたくてむずむずしている。

雑誌が入った袋を手に書店を出た。通りを歩きながら、なんだかとんでもなく贅沢をした気がした。今までは、あるもので間に合わせていたが、今回は切り貼りしたいという欲望だけで、手つかずの生まれたてほやほやの素材を手に入れたのだ。

その夜、帰宅するなり、佐知子はデートクレンジングの五人の足跡を、調べてみることにした。パソコンを立ち上げ、三十分ほど検索を重ねた結果、加瀬真奈美は事務所に残り後輩のダンス指導を務めていること、トークの上手い金井茉莉花はグルメレポーターとして活躍しながら女優を目標にしていること、インスタグラムが女性ファンに好評だった篠崎惟子はかねてからの夢だったアパレル店員を目指してショップで働き始めたこと、などが判明した。春香の進路だけは未定らしい。一冊だけ残っていた新品のノートを、彼女たちのために使うことにした。

胸をよぎるのは舞い落ちる銀テープだ。武道館の解散コンサート。アンコールの「デートをぶっつぶせ!」のクライマックスで、天井から色とりどりの銀テープが降ってきた。メンバーそれぞれのイメージカラーでもある、青、ピンク、赤、黄、緑。原色の夢がすっぽりと客席を覆っていた。

一階席の中程で、思わず宙に手を伸ばし、ひらひらと舞う彩りを夢中でキャッチしたのを、昨日のことのように思い出す。ビスケットの空き缶をいくつか開ければ、見つかるのではないか。あの時だけではない。デートクレンジングのライブはすべてではないが、何度も足を運んでいる。つるつると光る銀テープ。手元に舞い落ちるたびに、佐知子は鞄の中にすべりこませたり、読みさしの文庫本にしゅるりと忍ばせたりした。あれを、花火のようにコラージュしたら、さぞ綺麗だろうと思う。ページをめくっただけで、ライブの高揚感がぱっと蘇るような、唯一無二のスクラップブックが作れるのではないか。

佐知子はつい目の前でゆらゆらと手を動かしてしまう。グラビアの暮羽は、たった三ヶ月前、人前で涙を見せた不器用な女の子とは別人のような、怜悧で洗練された微笑を浮かべている。

芝田が突然、「ミツ」に姿を現した。

店の様子や場所は、以前から実花や内藤さんに聞いていたのだという。

「これ、捜しているんじゃないかと思って。この間、落としていったでしょ」

ミルクティーを運んできた佐知子に、芝田が鼻先でぶらぶらと揺らしてみせたのは、マタニティマークだった。千駄ヶ谷の婚活パーティーが随分昔のことのように思われた。

慌てて手を伸ばし、つんのめる格好になった佐知子は、彼女の向かいの席にうっかり納まってしまう。義母と目が合うと、「いいから」というように顎を引かれ、座り続けることを視線で強制された。店内ではゴルフ帰りの吉田さんたち三名が、すっかり飲み干しミルクの膜だけ硬く張り付いたカップの上でおしゃべりを交わしている。

「まだ、ミカリンに言ってないんでしょ。このこと」

芝田は面白くて仕方がないように、にやにやしている。

「ミカリン、ショック受けると思う。こんな大切なこと隠されていて。もう無理じゃない？　あの子がますますプレッシャーを感じるってわかってるんでしょ。普通に祝ってもらえると信じられない時点で、もうあんたたちに友情なんてないんじゃないの？」

驚いたことにこの女は、ゆすりもやるらしい。佐知子は腹を立てるというより感心してしまったが、落ち着いて言葉を探した。

「妊婦さんの中には、安定期に入るまで、家族にさえ伝えないという人もいます。隠しているつもりはないです。お互いにとってベストなタイミングを探しているだけです」

「じゃあ、教えてあげるけど、あの子もあなたに言ってないことあるよ？　今度ね、とうとう結婚相談所に入るみたい。入会金が莫迦高いところ。まあね、それが正解だと思う。あの子の場合、プロにお膳立てしてもらった方がいい」

挑発するように芝田は、ティースプーンをくるくると回している。冷めていくミルクティーを膜が覆い始め、会話の内容に関係なく、佐知子は苛立ちを覚えた。牛乳のみで茶葉を煮出し、隠し味にコンデンスミルクをくわえた大人気の秋の飲み物なのに。

「あの子、致命的にモテないんだよね―。あれ、男性恐怖症なの？　男の前に行くと硬くなっちゃって、必要以上にしゃべって騒いだり、黙り込んじゃったり」

首から頰にかけて、導火線が点火したように、かっと熱くなる。自分がちゃかされた以上に、屈辱的な発言だった。異性の前でぎこちなく振る舞う彼女を想像するだけで、胃が捻られる気がする。まだ見たことのないもう一人の実花だ。

独身時代、二人でいるときにナンパされたことなら何度もある。男たちはみんな実花目当てだったが、彼女本人はそっけなく、彼らが目に入らないように振る舞い、傍にいる佐知子としゃべり続けた。それを見ると、佐知子はわけもなく勝ち誇った気分になり、プリンセスのお付きのような気持ちで、彼女の細い腕にするりと手を絡ませた。でも、ライブハウスでアイドルファンの男たちとすすんで情報交換する時の実花は、生き生きとしていて気さくで、怯えも冷たさもまったくなかった。実花に話しかけられると男たちはみんな、嬉しそうだった。

「引き立て役としてすごく重宝してるの。あの子が私より男受けするタイプだったら、絶対に合コンになんて連れていけないもん。ああいう芸能人寄りの美人は、普通のサラリーマンは逆に身構えちゃうよね。守ってあげたいタイプでは絶対にないし、ちょっと毛深いよね」

こんな女のたくらみにひっかかるほど、幼稚ではない。それなのに佐知子はどうしても攻撃的な口調に転じてしまう。

「実花の印象が悪くなるように、あなたがいちいち邪魔しているんじゃないんですか。やりそうだもん。そういうこと」

「はー。なんか、佐知子さんて、いいよね。人生イージーモードって感じ。悪口は言わない。泥は被らない。いっつも高みの見物だよね。すっごいムカつく」

「高みの見物だったら、あなたなんかと、こうやってわざわざ話なんてしてませんよ。だいたい今は仕事中です。用が済んだなら帰ってください」

うんざりして腰を浮かしかけると、芝田はねっとりしたトーンになった。

「女どうしの人間関係にかまけて、ご主人ほっぽらかして、独身みたいに好きなように出歩いてていいの？　例えば、ほら、そこのお義母さん、ろくに役に立たなくて友達にかまけているあなたに、内心イライラしているとか、考えたことない？」

「お酒でも飲んでいるんですか？　酔い醒ましにクリームソーダでもいかがですか？」

「いいよね、安住の地に辿り着いたら、女はいくらでも怠けられるし、上から目線で女友達の世話を焼けるもんね。あーあ、早くそうなりたいなあ」

褐色の雨が芝田の頭にざっと降り注いだのは、その直後だった。

「何これ！」

悲鳴を上げて、芝田は椅子を飛びのき、髪や肩を両手で払っている。ぱらぱらと大粒の砂糖が床にこぼれていく。義母は空になったシュガーポットを逆さにして、二人のテーブルの横に突っ立っていた。

「本当は塩にするべきなんだけど、今、ちょうど、珈琲シュガーの壺が目に入ったから」

いつもと変わらぬ、淡々として無駄がない調子で、義母はこちらを見下ろしている。それをきっかけにずっと聞き耳を立てていたらしい吉田さんたちが、一斉に糾弾を始めた。

「こっちの方もよく聞こえてるわよ」

「聞きたくなくても、聞こえるんだから、盗み聞きしてたんじゃないわよ」

「看板娘をいじめるんじゃないわよ」

義母は空いている席から椅子を引き寄せると、腰を下ろし、芝田と向き合った。

「聞けば聞くほど、あなたから見た世界ってすっごく単純だなって。嫁と義母はいがみあうもの、主婦は暇、夫は妻が出歩くのを嫌がるもの、既婚者と独身者は上手くいかない。それと、商店街のボロい喫茶店ならば客は何をやっても、絶対に許されるもの。違う？」

義母の視線から逃れたいらしく、芝田がようやくミルクティーに口をつけた。膜がぺたりと、暗い色の唇に張り付いている。

「ここにいるのは、あなたの言う『安住の地』にとうに辿り着いたおばちゃんばっかりよ。でも、夫がガンになって死別したり、子供が離婚してシングルファーザーになって実家に戻ってきちゃったり、そうかと思うと六十代で初めて本気の恋愛をして再婚したり、みんないろいろある。何も考えないでボンヤリ暮らしている人って、意外といないのよ。この子もね、お母さんを高校生の頃に亡くしているの」

店中の視線がこちらに集まったので佐知子は動揺した。

「妊娠したばっかりなのに、実の母親に話を聞いてもらえない、自分が生まれた時の話を聞けないってけっこう、不安なことよ」

思いがけない言葉だったが、丸めた毛糸がほぐれて、まっすぐな線になって伸びていくような気持ちになった。普段はほとんど思い出さない母の手触りや香りを、久しぶりに胸の中でなぞる。自分では意識していなかったけど、命を育んでいる感覚にまったくピンと来ていないのは、というより、別の命が自分の身体の中にあることに実感が伴わないのは、あの人に報告していないからだ、とやっと理解した。久しぶりにお墓参りに行こうかな、と思った。

「だから、私、この子を実の娘にしようと思ったの。この子が、いまだに女友達のことでゴタゴタしてるの、迷惑じゃないのよ。こうやって店にいろんな女の子が出たり入ったり、泣いたり笑ったり。悪いけど、私とは関係ないから、見てて飽きないし、なんか楽しんじゃってもいる。息子しかいなかったから、こういうの新鮮よ」

「え、ひどい……」

小声でとがめたものの、義母はまったく意に介さない。

「私が結婚していたのはもう何十年も前だけど、確かにあなたの言うように、結婚や出産をきっかけにあきらめた人間関係もある。子育てが一段落してから復活したこともあるし、そうじゃなかったこともある。でもね、私は佐知子さんほど、往生際悪く騒がなかった。踏ん張らなかった。自分と環境が変わった友達に、無神経だと思われやしないか、とか、こんなこと言ったら嫌われるんじゃないか、と気になって、話したいことも話せなくて、こわごわとしか接することが出来なかった。そこだけは後悔してる。だから、やるだけやればいいと思ってるの。さっちゃんの気が済むまでね」

ようやく芝田が、薄笑いを浮かべながら、カップから汚れた唇を離した。

「そんなに嫁を甘やかしていいんですかあ？　物分かり良すぎてなんか偽善っぽい」

「あなたにしてみれば、同性の友達を失うことくらい不幸でもなんでもない、『安住の地』とやらに辿り着いているんだから我慢しろってことなのかもしれないけど……」

そう言うと、義母は言葉を切り、芝田にナフキンを差し出した。

「あなたの問題っていうのは、実はたったひとつだけなんだと思う。自分と違う環境にいる人の問題が全部、軽くてくだらなくて、どうでもいいものに見えてしまうという、冷たさにあるんだと思う。物書きとしては致命的な欠陥よね。結婚よりも、まず仕事の心配をした方がいいような気がする。仕事はいいわよ。私もこの店がなかったら、どうなっていたかわからない。あなたみたいな子とこうやって、冷静に向かい合えていたか、わからない」

芝田は真っ赤になって立ち上がると、赤い革財布から千円札を抜き取り、テーブルに置いた。佐知子が慌ててレジを開けている間に、彼女は店を後にしていた。

「放っとけばいいわよ」

と、合唱する義母たちに背を向け、お釣りを手に佐知子は走り出す。安定期前にこれはまずいと気付き、大股で彼女のあとをゆっくり追った。ふらふら歩いている芝田には幸い、すぐに追いついた。

「あの、ええと、こんなこと言っても、意味ないかもしれないんですけど、気を悪くしないでください。義母、あの通り、ずばずば言うけど、基本的に人を嫌ったり、意地悪したりすることはないんです」

お釣りを無理やり、手に握らせる。小さくて冷たい、子供のような手で、マニキュアが剝げていた。今夜は合コンやパーティーはないんだろうな、と思った。その時、むっつりと押し黙っている彼女の肩越しに、商店街の駅側からこちらに向かって力強い足どりで歩いてくる松本さんと目が合った。

「あ、どうも。スクラップブック、どうですか、進み具合は」

松本さんは、ふくれている芝田を見て、不思議そうに軽い会釈をした。

「もう三冊目です。だんだん楽しめるようになりました。『ミツ』でも二冊、自由に見られるようになってるんで、今度、ぜひ、どうぞ。私がここに来てからの五年間がざっくりまとまっているので、商店街の歴史の一部として見たら面白いかもしれません」

「へえ、楽しみだな。二世の会でも話題になりそう。スクラップといえば、新製品のスティック糊が使いやすいんですよ。今度持っていきますね」

松本さんの背中をなんとなく見守っていると、先ほどまでとは打って変わって、頬や目を生き生きとさせた芝田がこちらを覗き込んでいる。

「あの人、独身だよね？　指輪してなかったもん。今の会話だと、お勤めはあの、文具メーカーだと思っていいのかな」

「ええ、はい。三軒先の酒屋さんの次男です」

よせばいいのに、佐知子はそんなことまで答えてしまった。

「こんなこと言うの、あれだけど、紹介してもらえないかな。あの地味な感じ悪くないよ！　真面目そうだし！　やるじゃん、佐知子さん。あんな人と対等に話せてるって！見直したよ！」

芝田の目はらんらんとしたハンターのそれであった。実花が彼に会っていた時に滲ませていた遠慮や恥じらいは一切そこにない。

「はい？　え、松本さんを、あなたに？」

ぎょっとして聞き返すが、芝田はもうこちらを見ていない。今にも松本さんを追いかけてその大きな背中にタックルでもしかけそうな勢いである。

「いいから、すぐに紹介して！　いいから！　今すぐ！」

この人、ちょっと、面白いかもしれない——。こんな時なのに、佐知子はほんの一瞬だけ、笑いそうになり、彼女の必死の形相を見て、すぐに唇を引き締めた。悔しいが、芝田には憎めないところがある。好きか嫌いかと言われればもちろん嫌いだが、限りなく消極的な好き寄りの嫌い、かもしれない。

「あの人、実花に紹介して、結局上手くいかなかった人なんです。そんなにすぐ、実花の友人であるあなたに紹介できるわけないじゃないですか」

「でも、私となら上手くいくかもしれないじゃない？　余ってる男はどんどんリサイクルしなきゃもったいないよ。ミカリンとはただの婚活仲間。それ以上でも以下でもないから、義理はないよ」

「私のこと嫌いなんでしょ？　なんで嫌われてる私があなたの願いを叶えなきゃいけないんですか」

「うるさいなあ。とにかく、男に会っていないと、今、すごく落ち着かないの。どんな男でもいい。継ぎ目なくデートの予定を入れていないと、頭がおかしくなるの。このまじゃ、本当に頭がおかしくなっちゃうの！」

彼女の目は真っ赤だった。すれ違った女子中学生たちが、にやにや笑っているが、それも気にならないらしい。芝田にとって今、向き合っている人間なんて、はっきり言ってどうでもいいのだ。義母や吉田さんたちのことも佐知子のことも実花のことも。その視線はいつだって、次のデート、まだ見ぬ相手を追い求めている。彼女のコラムを読んだり、一緒にいるといつも若干傷つくのは、芝田があまりにも周囲の同性、ひいては目の前の時間をないがしろにしているためだろう。

――自分がそこにいないみたいな気がして。

松本さんがこの間、ふと口にしたことが思い出された。自分が今ここにいないことにされるのは、どんな事情があるにせよ、悲しい。そう、芝田になんかであれ、寂しい気持ちを呼び起こされてもいいのだ。

彼女に言いたいことが、腹の底からせり上がってきた。

「すでにそうなってますよ。あなたに必要なのは、デートをすることじゃない。デートをクレンズすることですよ！」

そう叫ぶと、芝田が初めてといっていいほど目を丸くしたが、すぐに、はあ⁉　と怪訝な悲鳴を上げ、まくしたてた。

「何言ってんの。これだから、安住の地にいる女は……。今、出会いが途絶えたら、もう次があるわけないじゃん！　今日が一番若いんだから！　時間がないの！　なんの保証もない希望的観測で、私の人生を停滞させて取り返しのつかないことにしようとしてるんでしょ！」

今にも暴れ出しそうな芝田の肩を押さえながら、まあ、予定が入ると安心するのは、誰もがみんなそうだよな、と佐知子は思う。自分だってそうだ。いつも宙ぶらりんで、何をするにも自信がないのは、この数年、通院と「ミッ」が最優先で、個人的な予定をほとんど入れられなかったためだ。妊娠してようやく、時間が出来た。検診の間隔も今は緩やかなため、スケジュール帳はほぼ空いている。

そうだ、妊活が終わったんだから、保活と就活を始めよう、と佐知子は唐突に考えた。大きな決定も具体的な行動も起こせないけれど、今から少しずつでも前倒しで調べたり、進められることはある。そんな風に思えるのは、つわりにも慣れてきた証拠だろうか。

商店街を見下ろすすずらん形の外灯には、季節に準じた安っぽいビニール飾りが秋風に細かく震えている。中心のホチキスを外して潰し、両面テープで貼り付けたら、スクラップのいいアクセントになりそうだな、と芝田をなだめながら、佐知子はそんなことを思った。マタニティマークを一向に返してくれる気配はないから、またこの女と会うことになるのだろう。

## 9

開始三十分前に配付される整理券を手にしてもなお、佐知子は二十分以上並ぶことになった。最近、立ち仕事を徹底的に避けさせている義母に知れたら、叱られるだろう。

サイン会場の三階へと続く階段の壁際にぴたりと寄り添う行列の中には、アイドル時代からのファンと思われるような中年男性の姿もちらほらと目についたが、そのほとんどがロングコートにクラッチバッグといった隙のない装いながら、首や頬を見ると少女のような桜色の、二十代前半の女性たちだった。これまでのファンを切り捨てたということではないだろうが、この先でさらさらとペンを動かしているだろう暮羽が新しい海原に単身乗り出しているのは、明らかだった。

普段の出で立ちなら気後れするところだが、このところ商店街の美容院や整骨院からも、定期的に支給されるようになった、たくさんの女性誌にじっくり目を通し、自分に似合うものを研究しているおかげで、佐知子は胸を張っていられる。義母が若い頃着ていたAラインのたっぷりした青灰色のコートを借り、ユニクロで買ったカシミアのベレー帽、奈美枝さんの遺品である大きなカメオブローチと伊達めがね、雑誌に出ていたやり方で肩までの髪をアレンジして「ナンシー」の付録であるカラータイツを身につけ、暗めの赤い口紅をしっかりと引いたら、あの内藤さんにさえ褒められたくらいだ。

書店内も街中同様、ひっきりなしに「ジングルベル」のオルゴール曲が流れ、赤と緑のディスプレイが施されている。年が明けたら安定期に入り、出産まであと半年。下腹部にほんのりとした膨らみが目立ち始めている。都内有数の大型書店なので、育児書のコーナーをぶらつこうかとも思ったが、某大な情報がワッと迫ってくることを考えると、どうしても足が向かない。ただでさえ、区役所からもらった資料を基に、近所の保育園を訪れるたび、子供を預けることがいかに狭き門で、自分の考えがどれだけ甘かったかを実感させられる今、こんな時だけは美しい女の子のことだけをふわふわと考えていたかった。

久しぶりに都心に出たせいなのか埃が気になり、大きなマスクで顔を半分覆っていてもなお、皮膚が痒くて仕方がない。誰かが咳をするたびに、どきりとして振り返ってしまう。自分の楽しみのためだけに外出したことがきっかけで感染したら、世界中から母親失格だとののしられるのだろうか。

このところ熱中している、デートクレンジングメンバーの過去と現在を切り貼りしたスクラップブックにもサインしてもらいたかったのだが、列を整理している女性店員の説明によれば「サインはお買い上げのスタイルブックのみとさせていただきます」ということなのでこれは無理そうだとあきらめた。それでも、どうしてもスクラップブックを仕舞うことが出来ず、いじいじと眺めていた。

階段を昇り切り、売り場に入る。ようやくあと五人というところになって、数メートル先の細長いテーブルにかがみこんでサインを書いている暮羽を一目見ようと、身を乗り出したら、スクラップブックがするりと腕から滑り落ち、開いた形で床に叩きつけられた。

「あ、これ、暮羽の昔の写真ですかあ」

すぐ前に並んでいた若い女性が、下腹部を気にして恐る恐る腰を折る佐知子より先に、さっと屈みこんでスクラップブックに手を伸ばした。

「へえー、こんな感じで、本当にザ・アイドルだったんですね。なんだか信じられない」

ありがとうございます、と言って手を伸ばしても、彼女は返してくれなかった。ステージ衣装で春香たちと肩を組んで笑い合っている十代の暮羽を見つめ、ひゃー、こんな格好してたんだ、と笑い、目を見開いている。

「私、暮羽のこと、最近インスタで見て、好きになったんです。アイドル時代のことは何も知らなくて。今のエッジィな彼女の方が全然いいですよねえー」

彼女は小さく笑ってそう耳打ちし、やっとスクラップブックを返してくれた。後ろにいた五十代くらいの太った男性が、居心地悪そうに目を伏せている。彼のためにも反論したかったが、ついに自分の番が来てしまった。こちらを見上げる、ギリギリまで刈り上げたショートカットの黒ずくめの美女は、一度だけ楽屋で挨拶をしたことのある、あの無口なロングヘアの少女の面影をほとんど残していない。最低限に止めたアクセサリーやメイクで、その分強調されている瞳の輝きは夜空の星々のようで、一人の人間と接しているというより、宇宙と向き合っている気分になった。

「あれ、すみません。もしかして、どこかでお会いしたことあります?」

佐知子が手渡したスタイルブックと自分の名前を書いた宛て名用の短冊を見るなり、暮羽はまじまじとこちらを見つめた。言い淀んでいると、暮羽は顎を少しだけ前に出し、しっかりとした太い眉を上げた。

「わかった! マネミカのお友達でしょ? 一度お会いしたことありますよね。ほら、中野(なかの)サンプラザの楽屋で。そうか、さっちゃんだ。カフェをやってる方でしたよね?」

外見に反して、彼女は人懐こく饒舌だった。隣に寄り添っていた灰色のスーツ姿の中年女性は、「ちょっと」という風に、暮羽の肩をつついている。

「カフェというか、家族がやっている商店街の喫茶店を手伝っているだけですよ」

「わー、嬉しいです。てっきり、さっちゃんは春香推しとばかり思っていたんで、来ていただけるなんて、光栄です」

マネージャーとすぐ後ろに並ぶ男性を気にしてか、暮羽はすぐに声を低くした。

「あの、この後、お時間あります? もしよければ、そこのスターバックスで待っていていただけませんか」

社交辞令かと思ったが、それならそれで構わない。佐知子は前から読みたかった文庫本を購入すると、スマホの子育て情報アプリと交互に目をやりながら、書店の向かいにあるスターバックスで一時間ほど時間を潰した。

　幾重にも巻きつけたマフラーに細い顎を埋めた、マスク姿の暮羽が入り口に現れると、何人かが振り返った。近くの人間をどきどきさせ、話しかけずにはいられなくなる春香とは違う種類の、抑制の利いた美しさの持ち主だった。暮羽にはただその風景にすっと静かに溶け込み、周辺をグレードアップさせる力があった。彼女が立っているだけで、どこにでもあるスターバックスに、西海岸のような乾いた風と白っぽい光が入り込む。向かいに座って、自分と同じディカフェのラテに褪せた色味のリップを塗った形の良い唇をつける彼女に、ぽうっと見とれてしまう。

「お待たせして、申し訳ありません。マネージャーさんには先に帰ってもらいました。なんだか、ずっとマネミカと一緒にいたせいか慣れなくて……。マネミカってマネージャーっていうより、年上の友達とかお姉ちゃんみたいな感じだったから、今の事務所のキチキチッとした感じって、ちょっと疲れちゃうんですよね」

　実花の名前が出ると、芸能人を前にしているという緊張感がたちまち消えていった。

「実花は誇らしいと思いますよ。暮羽さんがこんな風に活躍してて」

「いやいや……。さっちゃん……佐知子さん、知らないんですね。私が現役アイドル時代、どれだけ人気なかったか。デークレの中では落ちこぼれもいいところですよ。私の名前で検索してみてください。真っ先にキーワードに『ブス』『不人気』って出てきますから」

自嘲気味に笑いながらも、その姿に湿ったところはない。女子大時代の、実花に共通するあきらめと、何かを乗り越えた人特有のさらりとした明るさがあって、かえって胸が痛んだ。

「一応、デビューするまでは近所や学校で一番可愛いってことになってたんです。十代前半は、プライドはずたぼろでしたよ。私はこれでいいって開き直れるまで、随分かかりました。でも、マネミカの励ましのおかげかな。私は私でちゃんといいところがあるつもりです。でも、アイドルっていうのは、春香みたいな子がなるべきなんですよね」

そう言うなり、暮羽の目は急に輝きだした。スタイルブックの表紙を飾る物憂げで中性的な美女と同一人物とは思えない、あっけらかんとした光が溢れる。

「私、小さい頃から、アイドルが大好きでした。キラキラした可愛いお姉さんが歌って踊っているのを見るのが好きで、私もあの中に入りたいなあって思ってました。バレエを習ったり、母に頼んでライブに連れていってもらうようになって、そのうち自分もオーディションを受けたくなったんです。デークレのメンバーになれた時は嬉しかった。その時、一目惚れしたのが、一つ年下の春香なんです」

その名前を口にするたびに、彼女の肉の削げた頬は、強い春風にさらされたように生き生きと染まり、信じられないほどの早口になって、その勢いをどんどん増していく。

「春香を見ていると、アガりません？　なんだかスカスカだったはずの自分の内側がどんどん優しく満たされていく気がするんです。私、春香のグッズは全部持ってるし、雑誌は全部切り抜いてます！」

「え、そんなに若いのに、切り抜いたりするの？　今時の子は画像保存で済ませちゃうのかと思ってた」

　暮羽のエネルギーにつられるように、気付けばくだけた口調になっていた。彼女は少年っぽく歯を見せた。

「ドルオタはいつの時代も、どんな場所でも糊とハサミを駆使するものなんですよ。海外公演のＤＶＤとか見てても、フランスやイタリアのファンも手作りのうちわや横断幕を作ってるんですから。あのう、さっき持っていたスクラップブック見せてくれませんか？　待ってらっしゃる時、ちらっと見えたんです。気になって、気になって。実を言うと、それで図々しくお声がけしたっていうか」

　佐知子がおずおずと差し出したスクラップブックを広げるなり、暮羽は派手な歓声を上げた。「この銀テープ、カウントダウンライブのときのやつですよね」と細かいところまでチェックし、「この真奈美、超セクシーですね！」と自分よりもむしろ、他のメンバーのページに興奮している。「これ、面白いですね！　借りてもいいですか？　もしかしたら、素材を提供できるかも」という申し出に、思わず、うんと頷いてしまう。

「銀テープ、こうやって貼り付けてるんですね。私は百均のプラスチックケースにくるくる丸めて保管してるんですよ」

一通り眺めた後もなお、もう一度ゆっくりと最初からページをめくりながら、暮羽は言った。

「これってZINE(ジン)に近いんじゃないですかね？」

「じ、じん？」

首を傾げていると、教えてくれた。

「うーんと、個人で自由に手作りした冊子みたいなもので、写真でも絵でも文でも中身は何でもいいんですよ。コピーしてホチキスで留めて友達に配ってもいいし、販売してもいいし。ZINEを買えるお店もあります。ずっと昔にアメリカで始まった文化で、女の人たちが声を上げて連帯するムーブメントを作ったとも言われています。私も作ったことありますよ」

彼女のような流行の最先端にいるモデルと、自分が商店街の片隅で自発的に行っていたこと、奈美枝さんの楽しみが繋がっているなんて。とても不思議だが、先ほどの女の子の反応を見るにつけても、自分がしていることは取るに足らない暇つぶしなんかではないのかもしれないという確信が芽生えてきた。

「こんなに可愛いZINEなら、私ならインスタに上げるけどなぁ。ほら、こんな風に」

そう言って、暮羽はスマホを差し出した。画面にはミントグリーンのお洒落なノートのようなものが映し出されている。たくさんの「いいね！」が付いている。

「面白いね。アナログなのにデジタルで」

佐知子が言うと、二人は顔を見合わせて笑い合った。ふいに暮羽が声を落とした。

「春香はあれっきり、誰とも連絡取っていないんです。ＬＩＮＥも既読にならないし、メールも電話も繋がらない。ネットでの目撃情報もゼロだし、ひょっとするとうちから一歩も出ていないのかも」

「あの……。おうち知ってるんなら、会いに行ってみたら、どうかな。迷惑かもなんて、考えないで。暮羽さんの気持ちで動いてみても、いいんじゃないのかな」

こんな風に言えるのは、ここ数ヶ月の体験のおかげなのだろう。彼女は少し驚いたようにこちらを見た後で、声をくぐもらせた。

「こんなこと言ったら、どうかと思うんですけど……。上から目線でアドバイスに来たと思われるのが、怖いのかもしれません。だって、ほら、私たち、随分環境が変わっちゃったから。今の事務所からも言われているんです。もう、デークレ時代の話はしないようにって。いろんな人に言われます。デークレ時代は暮羽にとって黒歴史だよね、とか、卒業して春香と立場が逆転したよね、とか。そんなつもり、ないのに。そりゃ、自分はアイドルには向いていなかった。でも、アイドルを憎んだことは、一度もないです。春香に勝とうだなんて思ったことないです。だって私たち、あまりにも違うんですから。そのことがあんまり上手く言えなくて。インタビューでも間違ったニュアンスで書かれることが多いです。ほんと、言葉の選び方は勉強中です。あ、私、相当変なこと言ってますよね。ごめんなさい」

「ううん。ある人がまったく同じようなこと言ってたなって思い出してた……」

芝田が口にしていた、結婚したのならこれまでの人間関係をあきらめるべき、という言説と、モデルになったのだからアイドル時代の仲間を切り捨てろという命令は、よく似ているのではないか。佐知子は考え考え、言葉を絞り出す。

「私たちはなんにも変わっていないのに、時間とか周囲の目とか環境とか身体の変化に引き裂かれているだけなんじゃないかな? それを乗り越えるには、それを乗り越えるには……」

必要なのは、先ほど書店のあちこちで目に飛び込んできた女性向けエッセイのタイトルにあった「バランス感覚」でも「心をつかむ気配り」でも、「しなやかなセンス」でもない気がする。自分のような無趣味な人間が、この単語を口にするべきかどうか、最後まで迷った。

「……オタクのパワーしかないんじゃないのかな」

先ほど、若い女ばかりの行列に混じっていた中年男性たちのバツが悪そうな、でもどこか開き直った不敵な佇まいを急に思い出したのだ。周囲にどう思われても、好きなものを好きでい続ける強さ。一人でうちに籠りひっそりと想うだけではなく、現場にどんどん出かけていき、時間やお金を惜しまず、気持ちを伝えることを厭わない。見返りはなくても、自分の気さえ済めば、それでもう構わない。佐知子は確かに今、彼らのようになりたいと思っている。

「私、最近の実花になんだかしっくりきてないの。変わろうとしている友達を応援するべきなのにね」

　そうだ、自分はオタクだ。三十五歳にもなって、実花のオタクでファンだ。アイドルオタクで同じ年の実花が好きだ。とても恥ずかしい。でも、身近な誰かのオタクになることを、この世界は禁じてはいない。暮羽の切れ長の目が見開かれ、それは濡れて怖いくらいに強く光っている。

「なんだか、佐知子さんと私って似てる。一番身近だった友達が、心のアイドルなんですね。だから彼女を取り戻したいんですよね」

　佐知子はこくりと頷き、ぼそぼそとつぶやいた。

「……キモいよね」

「ええ、キモいですよ。でも、それ私も同じです。だってドルオタが、そんなに簡単に推しをやめられるわけ、ないじゃないですか。向こうが引退したら、ハイ次、なんてなれるわけ、ないじゃないですか。オタ同士、ここは連帯しましょうよ。ね、佐知子さん。はい、両手を挙げて。ううん、顔より高く！」

そう言うなり、暮羽はびっくりするほど指の長い大きな手を、こちらの洗い物で荒れた手に、「デェ――――ト、クラ――――ッシュ」と独特の節を付けながら、勢い良くぶつけてきた。それがデートクレンジングのライブ前後の儀式「クラッシュタッチ」であること、そしてその爪に塗られているネイルが彼女のメンバーカラーだった濃い青色だと気付いたのは、パン、と気持ち良い音が高らかに鳴り響いた直後である。

## 10

「だからね、膝からして違うの」

雑誌で情報を得て新宿の暮羽のサイン会に行った、と隠さず報告するなり、実花はおもむろに、そう言った。膝、と佐知子はわけもわからず繰り返し、小鍋で沸かしたチャイをカップに注ぎ、シナモンスティックを添え、カウンターを挟んで座る実花に差し出す。三脚椅子を引き寄せて腰を下ろした。他に客の姿がない、閉店寸前の「ミツ」で彼女と向かい合うのは、久しぶりだった。実花は少しだけ色が白くなり、輪郭が柔らかくなった。そのせいで、湯気を立てるチャイと同じ色のニットがよく似合っている。

婚活パーティーを最後にずっと会っていない。来てくれたことにほっとした反面、一体何を語り出すのだろうか、とどきどきしてもいた。

「暮羽の膝、見た？」

「ええと、デニムはいてたから……。うわあ、すらっとした脚だな、とは思ったけど」

彼女の意図がよくわからず、首を傾げた。

「私がアイドルをあきらめたきっかけはね、オーディションで出会ったある振付師の言葉なんだ」

当時三十代半ばの、かつて人気ダンスグループに所属していた、金髪に日焼けした肌の女性振付師は、その場で不合格を告げられ、とぼとぼと会場をあとにしようとする実花を追いかけてきて、こう宣告した。

——あなたは、膝がだめね。

「アイドルになるような子はまず、骨格が違うんだって。顔は最悪、整形できるし、メイクで誤魔化せる。髪や体形なんて、努力であとからどうとでもなる。歌唱力やダンスも練習である程度までならなんとかなる。でも、骨格だけは変えられない。あなたの膝は大きくて、不格好で、前に飛び出てる。アイドルの膝はもっと小さくて、手のひらに収まるような主張のない愛くるしいフォルムをしているの。だからもう、ここは見切りをつけて、次の夢を探した方がいいって」

「随分、ひどいこと言うんだねえ……」

ため息混じりに、今日はスカートをはいているはずの実花の脚にこっそり目をやろうとするが、カウンターの下に隠れていて、ここからはよく見えなかった。見えたとして短い丈のものを好むタイプでもない。記憶を辿っても、そこまで実花がみっともない膝をしていたことはない気がするし、春香たちのミニスカートからすらりと伸びた脚を思い出してみても、目を見張るほど美しい膝をしていたのか自信がない。なんだか説得力があるようで、実はふわふわと手応えのない迷信のような話だと思った。

今日の昼過ぎ、目黒の駅ビルで五十分だけお茶をした、二児の母となったかつての同僚の、いたわるような言葉が急に蘇る。

——佐知子の住んでる地区、ただでさえ保活激戦区でしょ？　今、大変だよね。保育園入れるために離婚してシングルマザーになる、とかいう話も、あながちやりすぎとか、笑えないよねえ。

就職活動しようにも、子供を預けられる目処を立てるのが最優先だ。このところ保育園を見て回りリストを作る日々だが、佐知子の地区では予約の受付は出産後ということになっている。しかし、産後はそう簡単に動き回れないことは、この二週間、かつての仲間たちに会い、話を聞くうちに、嫌というほど思い知らされた。専業主婦になってしまったことが、つくづく悔やまれる。どこにも出ていない情報がまだまだたくさんあり、こうしている今も何かやれることがあるのではないかと思うと、落ち着いて過ごすことが出来ない。夫は「マタニティブルーなんじゃないかな？　仕事のことは出産が済んでから、じっくり考えればいいよ」と言い、育休申請が通りそうだと嬉しそうに報告するが、出産後の自分の姿なんて靄がかかったようで、どうしてもリアルに思い浮かべられなかった。今をしくじれば取り返しのつかないことになるような気がする。

「実はさ、私、結婚が決まったの。結婚相談所に入会したって言ったっけ？」

実花が少しだけ恥ずかしそうに、そう切り出したのは、チャイを半分ほど飲み、佐知子が表の看板を店内にずるずると引き入れた直後だった。

「そこで紹介してもらった、二つ年上のシンクタンクにお勤めの人。二度目のデートでこっちから結婚を打診してみたら、オッケーもらえた」

咄嗟には事情が飲み込めず、おめでとう、という形に口を動かすのがやっとだった。

「初婚で実家住まい。長男だけど、同居しているお姉さん夫婦がご両親の面倒を見ているから、私たちは私たちで、自由に暮らせそう」

事務的に告げると、実花は何も寄せ付けない顔つきで続けた。

「その人も、婚活とか女性との付き合いがあんまり得意じゃないみたい。そこで気が合ったの。お互いのニーズがぱっとはまったから、自分からどんどん動いた。その人も、同僚や家族に、結婚を急かされるのがいい加減、嫌なんだって」

「へえ、そうか……。よかったね」

我ながら力の入らない調子に、佐知子は自己嫌悪を覚える。すぐに喜ばなければ、と脳が指令を出しているのに、笑みを浮かべようとすると言葉が詰まり、何かしゃべろうとすると表情が固まる。こちらの様子に、実花がほんの一瞬、苛立ったのがすぐにわかった。

「さっちゃん、言ったよね？　相手を立てるとか、どうでもいい。家族になるなら、男とも人として向き合って、コミュニケーションをとって、交渉しなきゃだめだって」

こちらをなじるように、そして自分を弁護するように、彼女は言った。

「どっちみち三ヶ月で結果を出そうって決めていたの。わかったんだ。婚活の場に集まる男女は、究極の男嫌いと女嫌いの集まりだって。出来るだけ異性との接触を減らしたいし、無駄な摩擦を起こしたくないから、お金を払ってでも、多少窮屈な思いをしてでも、結婚まで最短距離で行ける場所を選ぶの。だから、手の内を見せて事務的に、テキパキ進めた方がいいんだよね。仕事と同じ。さっちゃんの言ってたことが、やっとわかった」

自分の主張はこういったものだったのだろうか――。佐知子は懸命に思い出そうとする。仕事をしている時の実花のままで、偽らずに出会いの場に行けばいい、と確かに言った。でも、その時佐知子が思い浮かべた実花の姿とは、情熱に溢れていて、こんな風に乾いた表情や声音ではなかった。実花はまるで、今目の前にいる佐知子ではなく、世間に向かって演説するような、隙がまったくない話しぶりだった。

「家事や生活費のことも細かく取り決めた。まずは一年以内に必ず子供を作るように、頑張ろうと思う」

彼女から子供が欲しいという話をそれまで一度も聞いたことがなかったので、佐知子は心底驚いた。

「だから、私ね、仕事を辞める。あ、その人が辞めてくれって言ったわけじゃないよ」

彼女にいい加減、こっちを見てほしかった。至近距離で向かい合っているのに、そう思うのはおかしなことだったが。

「実は事務所から打診されててさ。新しいグループを育ててみないかって。まだ全員、小学生なの。フリースタイルのラップに特化したグループ。ステージを見たことはある。可能性を感じたし、すごく惹きつけられてもいる。でもね」

実花はシナモンスティックを投げやりに食いちぎる。食べない方がいいものなのに、何故か止めることが出来なかった。

「デートクレンジングが駄目なら、次はもっと若い子って。なんか、ひどいな、って思った。女の子を食い物にして、使い捨てにする芸能界のシステムそのものだよ。私がそんなことしてるって聞いたら、昔のメンバーは傷つくんじゃないかなって思う。だから、断った。もういいや、この世界。やるだけやったんだもん」

「……ひょっとして、なんかあったの？」

「さっちゃん、雑誌で暮羽のインタビューを読んだでしょ？　あの子、日本のアイドル業界に自分の居場所がないってずっと悩んでいたみたい。私がやらせようとしていたことなんて、あの子たちにとってはただの押し付けで、何も変えることが出来なかった、ってよくわかった。みんなを絶望させただけ。それはこの先も、きっとそう。最初から、向いていなかったんだよ、この業界。もっとプロに徹することが出来る強い人じゃないと、マネージャーなんて務まらない。これからは気力体力もどんどん落ちるしね。ただでさえ、無茶は出来なくなる」

胃がすっと冷えていく。つわりは去ったものの、どういうわけか、以前のように食べることを楽しむ感覚を取り戻せていない。

「私も、それ読んだよ。それ、読んだ上で、サイン会に行ったの。でも――」

「さっちゃんはあれ読んでも、何も思わなかったってことだよね」

突き放すように実花は言い、薄く笑う。佐知子はパニックにならないよう、焦らないように自分に言い聞かせ、しぶとく食い下がっていく。

「暮羽ちゃんは、実花に出会ってアイドルになったことを後悔していないよ。自分はアイドルに向いてはいなかったけど、アイドルの世界は今でも好きだよ。実花が新しいグループのマネージャーをやることも、きっと応援してくれるんじゃないかな」

「何言ってるの、さっちゃん。いくらなんでも、おめでたすぎるよ。暮羽は事務所を辞めたよ。解散コンサート以来、他のメンバーからも連絡はないよ。私たちの十年なんてそんなものだったんだよ。同志だと思ってたのが、そもそもの間違い。あの子たちは最初から、違う生き物なんだよ。フレンドリーに見えたかもしれないけど、最初から選ばれし者で、本心なんて話してくれない。膝からして、骨格からして、普通の人とは、違うんだよ。アイドルになれなかった私が守ろうとか導こうなんて、おこがましかったんだよ」

それきり実花は口を閉ざした。なんとかして、この空気を変えられれば、と思う。今なら、言ってもいいのかな、と佐知子はひらめいた。これにすがるしかない。数え切れないほどシミュレーションしたとおりさりげなく、口を開いた。

「あ、あのね、実花、私、赤ちゃんが出来たの」

「おめでとう‼　嘘、今、何ヶ月⁉」

シナモンと似た色の小さな顔には、たちまち嘘のない祝福が浮かんでいて、佐知子はほっとした。嬉しくてたまらないことが伝わってくるはしゃいだ声で、実花は手を打ち温まっていく。

合わせている。ようやく彼女の意識をこちらに向けさせることに成功し、身体が芯から温まっていく。

「よかったねえ。そうだよね、ずっと赤ちゃん、欲しがっていたもんね。そうかあ。いよいよ、さっちゃんもお母さんか！　旦那さんもお義母さんも喜んでいるでしょ！　あ あ、私も嬉しいよ！」

「不安だらけだけどね。この間、やっと実家の親にも話したの。来年の六月中旬に生まれる予定」

「私も……、結婚式の日取りが決まったら、すぐに妊活始めなきゃいけないね。来年は三十六歳だもん。一瞬だって、うかうかしてられないね……。そうか、来年出産すれば、さっちゃんちの子と同学年になるかもしれないんだね。早く頑張らないとな」

そう言って、残りのチャイをシナモンスティックで弄ぶ実花が、結婚が決まったというのに、婚活中と何も変わっていないことに、佐知子は、あっと声を上げそうになる。一瞬の温かい空気はもうどこかに流れ去って、実花はもう次の方向を向いていた。

もう、私たち、こんなレースからは降りるべきなのではないか――。世間の呈する規範に自分を寄り添わせる限り、一生焦り続け、常になんらかの活動中ということになる。しかし、今、それを一番口にしてはいけないのは、他ならぬ自分だった。

保育園に入れなかったらどうしよう、再就職できなかったら、という不安が常に消えないのだから。入り口の上に掛けられた鳩時計は確かに停止しているのに、秒針を刻む音がどこからか聞こえてくる気がした。

彼女に何が言えるのだろう。佐知子だって、あれほど待ち望んだ妊娠を味わい、慈しんではいない。早く、早く、と先のことばかり考え、いつも傍で励ましてくれる夫の話を当たり前のように聞き流し、不安を募らせて暮らしているのだ。それがお腹の子のためなのか、もうよくわからない。そんな自分と向き合う実花が、伝染病にかかったようにして、焦っているのは当然の作用なのだ。そしてまた、実花の焦りが佐知子へと返ってくる。焦りが伝播(でんぱ)して回っているのだ。

実花の焦燥感は、こちらにも責任がある。お互いが自分の時間を生きられるようにならない限り、二人とも安定することは出来ないのではないか。彼女の婚約者の名前も知らないし、写真も見せてもらっていない。どんな人柄なのかも、その日はついに聞けなかった。

「信じられない。また先を越されたよ！」

と、芝田はクリームソーダにストローを差し込むなり、いまいましげに叫び、一気にまくしたて始めた。

「ミカリンって、昔アイドル目指してたんでしょ⁉　半分芸能人みたいな素人の美人てなんだかんだ、一番したたかだよね。もう、あの子と連絡とるのやめた。もともと、婚活中は役に立たない既婚者とは連絡をとらないって決めてるの。時間の無駄じゃん」

「じゃあ、うちに来るのもやめてくださいよ。あと、いい加減、マタニティマークも返してくださいよ」

　カウンター内の三脚に座って、ふつふつと煮立つあずきの鍋を見守りながら、佐知子は出来るだけ恐ろしい顔つきを作ってみせた。本当のことを言えば、区役所の窓口で新しいマタニティマークは入手済みだった。何度でも貰えるということを最近知った。

「ミツ」の人気冬メニュー、バターたっぷりの小倉トーストの餡は毎年こうして手作りしている。

「えー、だってさっちゃん、元気そうだし、お腹そこまで目立たないじゃん。それに返したら、もう会ってくれなくなるでしょー?」

　芝田はまったく動じる様子がなく、けろりとしている。十二月も半ばになったというのに、冷たいものを平気でがぶがぶ飲む芝田は、前から気になっていたのだが、健康に留意するという習慣がなさそうだ。カップ麺を作るのさえおっくう、何より好きなものはコンビニのレジ横で売っている揚げ物だ、と打ち明けられた時は、思いやりなどではなく、栄養士の性分で、彼女の自宅まで行って、冷蔵庫を開け、いちから生活指導してやりたい気持ちに駆られた。芝田の突拍子もない言動の数々は、実はいい加減な食生活や不規則な暮らしからくる不安定さにあるのではないか、と睨んでいる。新しい勤め先を探すよりも、こういう人間のアドバイザーをやるようなフリー稼業を始めようかな、とちらりと思ったりもする。あずきの茹で汁をカップに注ぎ、身体にいいから飲め、と厳しくすすめたら、案外と素直に芝田は口をつけて、うへえ、変な味だね、と唇の端を曲げた。

「えーやだー。なに、また来たの？　この人」

買い物から帰ってきた義母も迷惑そうに顔をしかめたが、「これ、洗って出してあげて」とさりげなく苺のパックを買い物袋から取り出した。おじゃましてまーす、と芝田は間延びした声を上げる。それは無視して、義母は「お客さん今、この人だけなら、この隙に洗濯物取り込んじゃうね」と言い、すだれの向こうにさっさと消えていった。

「あの子と同じ結婚相談所に入会した方がいいのかな。ねえ、どう思う？」

「前から聞こうと思ってたんですけど、芝田さんて、どうしてそんなに結婚したいんですか？」

不思議で仕方がない。しきりに、出会いの場だ、テクニックだ、と言うわりに、芝田からは異性への興味や欲のようなものが感じられないのだ。彼女が立ち向かっているのは、形のない「男」というもやもやした概念のように思える。ひょっとすると、実花があれほど芝田に惹かれたのは、同類のにおいを嗅ぎ取ったからではないか、と最近思うようになった。

「そんなの、結婚して初めて人生にエントリー出来るからに決まってるじゃん。既婚者ってだけで、ちゃんとした人間として扱われるんだよ」

「私、あんまりそういう実感ないですよ。あんまり友達が多くなくて、行動範囲が狭いせいかなあ……。これはもう、人によるんですかね」

彼女の主張をぴしゃりと撥ね付けず、それでいて自分の思いを初めてすんなりと口に出せたことに、佐知子は自分でも驚いている。ふっくらと漂う、あずきの蒸気のおかげだろうか。それは芝田も同じだったようだ。思いがけず素直な調子で、こう返したのだ。

「でもさ、運がいいよね。これで、あんたたち一生親友でいられるもんね。妊娠と同じタイミングで友達も婚約なんて、めったにあるもんじゃない。これすっごいラッキーだよ」

皮肉ではない、彼女本来のものであろうトーンで、芝田は言った。本当に喜ぶべきなのだろうか——。確かに婚約してからというもの、実花は以前のように頻繁に、連絡をよこすようになった。店にもしょっちゅう来てくれる。情緒は明らかに安定し、とげとげしい言葉遣いもなくなった。式や新居購入、退社に向けて、具体的に動き始めている様子だ。芝田がぼそりと続ける。

「ひょっとして、ミカリン、さっちゃんとずっと親友でいるために、あんなに頑張って婚活してたのかもしれないね」

そんな、と小さくうめき、佐知子はゆっくり左右に首を振る。

もし本当にそうだとしたら、この数ヶ月とは一体なんだったのだろう。胸に残っている引っかき傷や取り残されたような寂しさは、このままなかったことにしてしまうのが、賢いやり方なのだろうか。何よりも、あれほど情熱を燃やしていた仕事をあっさり手放してしまっていいのだろうか。何も考えず、お腹の子への気持ちと実花への祝福で身体中をいっぱいにしておくのが正解だ、とわかっていても、どうしても釈然としない。

結婚相手の顔も名前さえも、佐知子はまだ知らなかった。

正直なところ、今は実花より暮羽といる方がしっくりする。あれから一度、自分の写真が一番多く貼られたページにサインし、スクラップブックを店まで返しにきてくれた。春香の色紙の前で他のファンと同じように自撮りをし、日替わりピラフを注文した。今度は暮羽が、春香の切り抜きを集めた手製のスクラップブックを貸してくれた。つまりは次があるということだろう。

「春香完全復帰十年計画」と題された長文のレポートがパソコンのアドレスに届いた時は、噴き出しそうになったが、そのプランは少し前まで大学生だった女の子が考えたものとは到底思えない完成度だった。春香を精神的・体力的に十分ケアした上で、海外留学で歌とダンスを強化し、まったく新しいジャンルのソロアイドルとして生まれ変わらせる計画が綿密に綴られていた。三十代、四十代にどう移行するかのプロセスも具体的だ。いくつかのアイデアは是非、実花に伝えたいものだったが、今はデートクレンジングの話題を口にすることははばかられる。

例えば「前田春香の春一番！　バレンタイン・バスツアー（仮）」はすぐにでも実行に移せそうだった。今なお熱烈な春香ファンにこれからの展望を直に伝える場を設けることは、彼女にやる気を取り戻し、次のステップに進ませるのに有効に思える。こちらもつい、実花をマネージャーに復帰させる計画を、とりとめもなく綴ってしまう。彼女が結婚を機にマネージャー職を退こうとしていること、新しいグループを担当することは暮羽たちへの裏切り行為になるのではないか、と悩んでいることなどを、秘密厳守で書き送った。暮羽からはすぐに、

――春香がこのまま姿を消すことと同じくらい、マネミカが業界を去ることは、アイドル界にとって損失です。私、そりゃ、アイドル業界に自分の居場所はないと思ったけど、だからってこの十年がいらないものだったなんて感じたこと、一度もありません。マネミカにそれをちゃんと伝えたい。ねえ、我々でなんとかしませんか？

という頼もしいメールが届いた。

自分たちがしようとしていることは、行きすぎたおせっかいなのかもしれない。しかし、初めて同志を得たことで、佐知子はいつになくほのかな自信を持っている。家事や

「ミツ」での仕事の傍ら、あれこれとアイデアを巡らし、ZINEを意識しつつ、スクラップブックの余白に書き留めるのが癖になっている。

　こちらが上の空なのが寂しいのか、芝田が口をへの字にして黙り込んでいる。

「前から一度聞こうと思ってたんですが、芝田さんて、今までに疎遠になった親友がいるんじゃないんですか。結婚とか出産がきっかけで」

　佐知子は慌てて、話しかける。少しでも放っておくと不機嫌になってしまうから、目を離せない。赤ちゃんの世話ってこんな感じなのだろうか。彼女は驚いた顔をした。非常に幼い印象だった。

「あ、言いたくなかったら、別にいいですよ」

　あずき汁をすすりながら意外なことに、芝田は淡々と話し始めた。

「私、昔、漫画家目指してたの。絵は下手くそで全然描けないから、ネーム担当ね。作画の子とは高校からの友達で、大学の時、初めて同人誌を出した。結構、評判良くて。お互い別々に、その子は時間の融通が利くバイトとか、私はこんな感じでライターを始めて、三十近くまでわりと本気で一般誌のメジャーデビュー狙ってたんだよ」

「え、どんな漫画ですか？」

「言わない。絶対に。さっちゃんみたいないい子ちゃんは、ドン引きするようなジャンルだから」

やけに早口になったので、なんとなく察するものがあり、佐知子は黙ることにした。

あずき汁のせいか、青白い顔やきつい目元がほんのりと優しく染まっている。

「その子、結婚したら、漫画が描けなくなったの。漫画が嫌になったわけじゃなくて、やっぱりもう、子供が傍にいると、ああいうジャンルは描けないってさ。その時は怒らなかったよ。それはもう仕方ないと思った。でも、その子、私に内緒で漫画を続けていたの。路線変更して、ほのぼのした育児エッセイ漫画。それでかなり成功して、印税で郊外に家建てたんだよ。それから疎遠になった。今じゃ年賀状のやりとりがあるだけ。悔しいんだけど、その育児エッセイ漫画、私の趣味じゃないけど、ちゃんと面白いんだよね。そりゃ、売れるだろって感じ。私が食べてくためにしぶしぶ書いている記事なんかと、全然違う」

「それ言いました？　彼女に。面白かったよって」

思わずそう言うと、芝田は困ったように眉を下げた。

「はあ、今さら、何言ったって手遅れでしょ。私、そんなに心広くないし」

ふてくされた様子で、カップの底に沈んだ、数粒のあずきをスプーンでつついている。

「手遅れってことは、ないんじゃないんですかね。心も広くなくて、いいんじゃないですかね。面白かったって、メールするだけで、いいんじゃないですかね」

「なにそれ」

「完全無欠な人じゃないと、友情を得られないってこと、ないと思うんですよ。最近」

芝田は興味なさそうに、横顔を見せた。窓の外を行き交う人に目をやるうちに、急に、にたっと笑みを浮かべる。

「あ、あの人だ。ちょうどいい地味メン、松本さんじゃん。ねえ、いつ紹介してくれるの？」

彼女の視線の先には、向かいの文房具屋から出てくる松本さんの姿があった。あずきの湯気越しの、商店街を覆う薄い青の冬空に、佐知子は目をやった。

そこから大きな手がゆっくり降りてきて、ペアを組んだ女たちを分かとうとしているのが、佐知子には見えた。

自分と実花、暮羽と春香、芝田とかつての相棒だという女性。その絆（きずな）を引き裂こうとしているものは、一体なんなのだろう。わかっているのは、それぞれの内側から溢れ出たどす黒い何かが邪魔しているわけでは、絶対にないということだけだ。佐知子は芝田に食べさせるために、座ったまま、苺を漫然と洗い始める。

入り口が開き、松本さんが大きな肩から店に入ってきたのと、義母がいつになく不安そうに居間のすだれから顔を覗かせたのは、ほぼ同時だった。

「ねえ、チイがいないの。朝からずっと。誰か見なかった？」

「そういえば、私も見てません」

佐知子は嫌な予感に駆られ、立ち上がった。

「ちょっとその辺を捜してきます」

「僕も行きます」

と、松本さんが素早く言い、一度だけすれ違ったことのある芝田に、ごく軽い会釈をした。

「なら、私も行く」

芝田がずるそうな顔をして、ひょいと立ち上がる。三人は同時に店を出て、商店街を歩き始める。夕食の買い物をする主婦で賑わい始める時刻だ。

人波の合間から、ハーフコートに長めのプリーツスカートを合わせた実花がこちらに向かってくるのが見えた。この奇妙なトリオを認識するなり、ぎょっとしている。芝田はせっせと松本さんに話しかけていて、実花に気付いても目を合わせようともしない。

佐知子は逃げ出したくなって、それぞれの表情をなるべく視界に入れないように努力した。実花は近くまで来ると、ぎこちない笑顔を作った。

「今から、『ミツ』に行こうと思ってたんだ。芝田さん、こんにちは。松本さん、お久しぶりです……。芝田さんさっちゃんと仲いいんですね。いつの間に……」

芝田は松本さんの隣にぴたりと寄り添い、顎を軽く持ち上げると、

「ミカリン、婚約おめでとうね。式には絶対呼んでね。婚活仲間として嬉しいよお」

と短く微笑んだ。松本さんが、

「そうなんですか。それはどうも、おめでとうございます」

と小さく言い、気まずそうに顔を伏せている。芝田はそれきり実花から目を逸らした。

沈黙を破るべく、佐知子はこう言った。

「みんなでチイを捜してるの。朝から姿が見えなくて」

「……チイちゃんの前の飼い主の家ってまだ、壊されてない？」

実花はすかさずそう問い、佐知子はあっと小さく声を漏らした。

「確か、まだそのままのはず」

「春香が昔、おばあさまから譲り受けた猫を飼ってたの。その時の様子をよく聞いていたから、それで、ちょっと。もしかして、昔の飼い主のところに戻っているのかなって」

と、早口で実花は言った。黙ってこの場をやり過ごすよりは、と佐知子は実花たちを促し、今は空き家になっている奈美枝さん宅を目指すことにした。松本さんが自分の実家の前を通る時に、奥で店番しているエプロン姿のお義姉（ねえ）さんに軽く会釈しながら、誰に聞かせるともなく、こうつぶやいた。

「実は奈美枝さんの家、うちが買う予定なんです。兄が配達の範囲を増やしたから、倉庫が必要になると前から言ってて」

松本さんの家族は祖父母の代から奈美枝さんと付き合いがある。言われてみれば、形見分けや家の管理も、ほとんど彼らが手分けして請け負っていた。

「わあ、松本さんのお宅って資産家なんですねー。おぼっちゃまなんだー」

芝田が媚びるように言い、松本さんの酒屋を振り返ってじっくりと眺めている。

商店街から住宅地に曲がり、四軒先まで歩くと、見慣れた生垣が現れた。あれきり、前を通ることさえなくなっている。手入れされていない庭の椿は、茶色にちぢれた花をいくつかアスファルトに落としていた。門を抜け、踏石を四つ越えると、なにも植えられていない色褪せた植木鉢のひとつを裏返す。

以前と同じように、お守りがついた合鍵が横たわっていた。鍵を差し込み引き戸を開けると、スクラップブックと同じ外国製の粉っぽいチョコレートの匂いが流れてくる。魔法瓶とサンドイッチを手にここに通い詰めていた日々の終幕が、はっきりと思い出された。スニーカーを脱ぐ時に、そろそろと屈んだら、実花がすかさず、

「お腹、随分大きくなったね」

と声をかけた。三人の視線がこちらの下腹部に吸い寄せられる。自分からそこはかとない圧が発されているのが感じられ、なんだか申し訳ないような気持ちになる。立ち上がる時、実花の手を借りるのにも、萎縮してしまう。

「家の中はほとんど何も動かしていないはずですよ。でも、形見分けは八割方済んでい

て、取り壊すタイミングで、親戚の人がすべて引き取ると言ってます」

と、真後ろを歩く松本さんが言った。

よく磨き込まれたこげ茶の冷たい廊下の先にある、七畳ほどの居間を窓から差し込む日差しがぼんやりと照らしていた。テレビとコタツ、マトリョーシカと絵皿が並んだ食器棚と、巨大なドールハウス、花瓶に投げ込まれた造花の黄色いバラ、フランスのモノクロ映画ポスター。きらきらした埃の粒子がみっしりと舞う、冷え切った部屋に佐知子が最初に足を踏み入れる。

佐知子は悲鳴を上げ、傍の実花の腕に思わず手を伸ばした。カチカチカチ、という聞き覚えのある音が降り注いできて、背中が粟立ったのだ。見慣れた小さな山小屋がこちらを威嚇している。

「ぎゃーっ」

「え、なに、どうしたの」

怪訝そうな実花に、佐知子はまくしたてた。

「さっきまで『ミツ』にあった鳩時計がここにある！　どうしよう、私と夫が動きを止めたから、きっとたたりが起きたのかも！」

口走ってすぐに、まずいと思ったが、もう遅い。一同は不思議そうにこちらを見ている。

「え、なに？　あの時計って、故障したんじゃなくて、わざと止めてあるの？」

実花が詰問するので何も発せずにいると、「あの」と松本さんが、言いにくそうに口を挟んだ。

「『ミツ』にある時計とここにある時計は似てるけど、まったく違うものですよ。けいちゃんと一緒にここから運んでお店に設置した僕が言うんだから、間違いないです」

夫を「けいちゃん」と呼ぶのは、商店街でも二世の会の人間だけだ。

「奈美枝さんの親戚の方と、ここの二階にあったコレクションの中から、似たものを探したから覚えてます。というのも、この時計は大変高価なものらしく、親戚の方がどうしても売りたいと言って聞かなかったので。言いにくいんですけど、『ミツ』に今ある時計はそこまで高級品じゃないんですよ。奈美枝さんの遺言にも特に指定はなかったので」

そういえば、遺言には「佐知子ちゃんが欲しがっていた鳩時計を『ミツ』に寄贈します」とあっただけで、この居間にあった時計とは一言も書かれていない。そもそも、二階の納戸にあると言われている、おもちゃや時計を並べたコレクションルームは案内してもらうことがついに叶わなかった。ここに通い始めた頃には、奈美枝さんもいちいち立ち上がることが困難になっていたし、佐知子も一度コタツに入ってしまうと動くのがおっくうだった。こうして鳩時計を見上げていると、確かに「ミツ」の時計と微妙にデザインが違うようにも思う。木こりののこぎりや洋服の色合いも異なっている気がした。胸を撫で下ろしてみれば、部屋の細部までが目に飛び込んできた。

座布団のくぼみも、彼女が引っ張り出された時に出来たコタツ布団の小さなトンネルも、窓から見える小さな庭も、遠くから聞こえてくる商店街のアナウンスも、何もかも、あの日のままのように思えた。佐知子は意を決すると、腰を屈めて、ひんやりしたコタツ布団をめくってみる。暗がりにチイの目が光っていて、ほっとする。闇に両手を伸ばしたら、温かい毛と濡れた舌がしっとりと触れてきた。

「どこから入ったんだと思います？」

「おそらくは勝手口のすぐ側にある、猫用の通り戸からじゃないかと」

松本さんは佐知子以上に、この家の造りに詳しかった。聞けば、お父さんの配達に付き合ったり、小さい頃からお兄さんとよく遊びに来ていたのだという。奈美枝さんはおしるこやココアを振る舞い、外国のおもちゃで遊ばせてくれたらしい。

チイはさほど抵抗せず、コタツを出てくると、こちらの腕にすんなりと収まった。ぎゅっと抱き締めて背中に鼻をうずめたら、「ミツ」の店内と同じ匂いが立ち上る。珈琲とバターと日向(ひなた)の匂い。チイはもう我が家の猫だった。

「奈美枝さんのことずっと、すごい孤独な最期だと思い込んでいた……。あの時計が『ミツ』に来た時から、そうはなりたくないって思い込んでいたんだけど……」

そうつぶやいたのは、実花だった。その視線はじっとコタツに注がれ、鳩時計に向かってゆっくり上昇していく。

「一人の暮らしを楽しんでいたみたいだね。この部屋を見ているとわかる」

時間が止まったような空間で、浅黒い肌に瞳を光らせている実花は、炎を宿した結晶体のように見えた。

「それに隣にはチイちゃんもいた。亡くなってすぐに、さっちゃんが見つけたわけでしょ。たとえ、家族と一緒に住んでいても、最期はそんなものだよね」

芝田はいい加減、ここにいることに飽きたようで、爪に挟まったごみを取りながら言った。

「でもさあ、さっちゃんがそのおばあさんに会いに来たのはたまたまでしょ？　何日も発見されなくて腐敗っていうのが、普通の独身高齢者の最期だよねえ」

佐知子はすかさず、

「たまたまじゃないです。私と義母、ほぼ毎日交代で珈琲を届けに来ていたから、必ず二十四時間以内に奈美枝さんの死に気付いたはずです。こういう場所なんで、商店街全体でなんとなく奈美枝さんのことを気にかけていたし、たまに遊びに来る同年代の仲間もいたようです。何かあれば、誰かがすぐ気付くというシステムでした」

と、言った。松本さんも深く頷いた。

「奈美枝さんはああ見えて、用意周到だったからなあ。全部わかってて、あえて商店街の真ん中に終の住処を構えて、周囲と適度にコミュニケーションをとっていたんだと思うよ。遺言も足腰が悪くなるずっと前に書いて、親戚に渡していたらしいしね」

「実は、なにもかも、セーフティーネット次第なのかもしれないね。だいたい、家族じゃないからこそ、仕事だったからこそ、そんなにマメに見に来られたわけだし」

実花がぽつんと言った。自分の口にしたことに納得するように頷きながら。

「例えばなんだけど、将来的にここでみんなで住むとか、どうなんだろう。松本さんも、芝田さんも、私も。松本家に家賃を払って。それで、さっちゃんを雇ってご飯を届けてもらう、とか。健康状態や生活習慣を見張ってもらって」

「なにそれ、いい年して結婚もしないでシェアハウス？　そんなこと無理に決まってるじゃない。ここ、外国じゃないんだから。周りがドン引きするし、いい年した男女が仲良く暮らせるわけないじゃない。それにあんた結婚、決まったんでしょ？」

芝田はあきれ顔だったが、何故かそわそわした様子で、室内を見回している。

「いや、あながちおかしな話ではないと思う。それぞれ生活スタイルが確立しているぶん、いい距離感が生まれて続くんじゃないかな。この家、小さいけど部屋数は多いんだよ。そういうことで、僕たちが漠然と恐れていることって、案外避けられるのかもしれない。慌てて、気の進まない結婚なんてしなくても別にいいのかもしれないですよね。

今から、無理なく続く暮らしを構想して、そこに向かってちょっとずつ準備を進めていく——」

松本さんが静かに言い、実花はその様子をしばらく見つめ、やがて口を開いた。

「婚活とか、保活とか、終活とか……。準備しないとひどい目に遭うぞってせっつかれている割には、全部数年先をゴールにしての、短期集中のレースでしかないよね。どうせ準備するなら、今の暮らしの延長として、出来るだけ無理のないビジョンを描いていくことが大事なんじゃないかな」

佐知子はどきどきしていた。

どうして今までそれを思いつかなかったのだろう。ここにいる独身者にだけ言えることではない。システムに自分をあてはめるのではなく、自分に合うシステムを作ればいいのは、誰しも同じだ。雇用を探すのではなく、雇用を作り出せばいいのだ。

奈美枝さんにしていたように——。

「ミツ」の厨房で作った料理を、高齢の単身者や両親の帰りが遅い子供にデリバリーし、健康状態をさりげなくチェック、栄養士として食生活をアドバイスし、周囲と情報を共有する。もちろん最初は、信頼関係がすでに成立している常連から始めるしかない。収入も微々たるものだろう。配達の範囲は限られているが、上手くいけば、人を雇って拡大できるかもしれない。今、佐知子がいる場所と持っている力で落ち着いて準備を進められそうな仕事だった。配達のことなら、松本さんの実家が詳しい。ノウハウを教えてくれる人間は商店街に溢れている。

傍の実花を見た。そんな風にして、プロとして距離を保ち、この人の暮らしをずっとサポートしていけたら、そして自分の能力を活かして金銭に換えることが出来たら――。きっと一生付き合っていける。そうしたら、どんなにいいだろうか。

――ねえ、奈美枝さん、今みたいなこと、いつから考え始めていたんですか？

奈美枝さんがスクラップブックで振り返っていたあの日々は、きらきらしていた分、今の時代よりはるかに選択肢が少なかった。生涯独身を貫く人も働き続ける女性も社会にはまれで、相談できる場所も限られていた。あのスクラップブックに貼られたのんきな笑顔の奥で、彼女は何を考え、どのように逆算してマル秘プロジェクトを進めていたのだろうか。それとも、その瞬間を集中して生きてきた先に、自然とカードが揃ったのだろうか。

今となっては確かめる術もないが、なんにせよ、自分たちにはアイデアが必要なのだと思う。

時計から鳩がぽんと飛び出し、五回鳴いた。静まり返った一軒家に、それはくっきりと明瞭に響き渡った。何故かいつものように急かされる気がしなかった。鳩は鳩で自分の役割を果たしているに過ぎない、それ以上の意味などないのだ。佐知子の大きくなり始めたお腹が、子を持たない人を、家庭を持つ気がない人を、責めているわけではないように。

芝田も松本さんも無言のまま家を出た。商店街に折れるなり、自然と解散となった。松本さんは文房具屋に、芝田は駅の方に向かっていくのを、佐知子と実花は並んで見守った。

「あ、あのね、今日、ここに来たのはね」

「ミツ」の裏口に向かって歩き出したら、実花がおずおずと言った。

「その、さっちゃんに会わせたい人がいるの。婚約者の田山（たやま）さん。田山藤次（とうじ）さん。近々、時間を作ってもらえないかな？」

佐知子は初めて彼女の婚約者の名前を知る。田山実花。意外としっくりくる響きに、親友の結婚がにわかに現実味を帯びてくる。同時に、先ほどの終の住処やデリバリーの構想が、夢物語のように、夕方のお惣菜の匂いに消えていった。実花はいかにも迷惑、といった調子で続けた。

「田山さん、どうしても来年の六月十四日に式を挙げたいって言うの。私からのプロポーズを受けてすぐに、式場の予約を入れたんだって。その時は、私、さっちゃんの妊娠はもちろん、出産予定日のことも知らなくてさ。そこ、彼の遠縁のホテルで、お母さんもお姉さんも代々その日に式を挙げているんだって。システムがちょっと面倒で、もうキャンセル料が発生しちゃうの。彼、ケチだから、日にちを今更変えたくないって……」

「なんだ、そんなことか。いいって、いいって」

拍子抜けしつつ、玄関ドアに鍵を差し込んだ。チイが甘ったれた声を上げて、腕をすりぬけていく。店頭に立っていた義母が気付いたらしく、客に断りを入れ、居間に上がってくる気配がした。

「よかった！　この子、どこにいたのー？」

と、嬉しそうな声が聞こえてくる。佐知子は「奈美枝さんちのオコタでーす！」と叫んで、傍の実花に向き直る。

「私のことは気にしないで。今は家族を優先して。早産の場合もあるし、臨月だって動き回っている妊婦さん、いくらでもいるじゃない。極力出るように頑張るから、ね？」

式に出席できない自分を想像しても、そうがっかりしていないことに密かにショックを受けていた。

「でもさ、親友のことを優先してくれない婚約者ってどうなのかなって思っちゃうよ。こんな結婚、大丈夫なのかなあ」

子供っぽく唇を尖らせる実花は、少々わざとらしい。のろけの一種かな、と思いつつも、その割には楽しくもなさそうなのが気にかかった。

カップルのじゃれあいの延長だ、と佐知子は無理に納得しようとした。先ほど、奈美枝さんの部屋にいた時の彼女とは別人のようだった。

居間でくつろいでいたチイから、今度は奈美枝さんの部屋の外国製チョコレートの匂いが立ち上っていた。

11

有名ミュージカルの公演で知られる大型劇場の裏手にある、ぶどう酒色を基調にした比較的新しいイタリアンレストランで、自己紹介もそこそこに、佐知子はワインの代わりにジンジャーエールを飲み干すと、口の中でぷちぷち弾ける泡と一緒に、溜めていた言葉を吐き出した。

「あの、実花はこう言いますけど、私のことは気にしないでくださいね。六月十二日はあくまでも医師に言われた予定日です。前後することはありますし、万が一式に出席できなくても、お祝いしたいと思う気持ちに変わりはありません」

我ながら滑稽なほど必死だった。万が一破談になった場合、自分のせいにされたくないのか、それとも、実花の門出を邪魔したくないのか、よくわからない。予想していたタイプと田山さんはだいぶ様子が違う。小柄で細身、くるくるとよく動く目に愛嬌がある。三十七歳と聞いているが肌や髪に艶があるる分、実花と並ぶと大学生の弟のように見えた。店のドアを押さえてくれた彼の横をすり抜けた時、香水や化粧品ではない、お風呂上がりのような匂いがした。身につけているものも高価ではないが、こざっぱりと清潔で、なめらかな桃色の頬はきめ細やかだ。自己主張はちゃんとするが、人の話にも耳を傾けるタイプだった。やや、極端な物言いは気にかかるものの、異性にまるきり縁がないという風にも見えなかった。

「さっちゃんはこう言うけど、私、さっちゃんのいない結婚式なんて考えられない」

と、実花は不満そうに言い、酒がそんなに強いわけでもないのに、赤ワインをがぶがぶと飲んだ。メニューを見た限り、場所柄から考えられないくらい何もかもリーズナブルだ。その割に、どの皿も野菜がふんだんで、手打ちのタリアテッレも窯焼きしたピザもちゃんと小麦の香りがした。田山さんがクーポンを何枚も用意してくれたおかげで、飲み物はすべて無料ということだった。最近は喉が渇きやすくなっているので、佐知子は気軽にソフトドリンクをどんどん注文する。

「でも、せっかく佐知子さんがこう言ってくれているんだし。新生活のためには一円でも安くあげた方がいいでしょ？」

と、田山さんはあっさりと実花に言った。佐知子は内心驚く。松本さんもそうだが、実花の前だと多くの男は萎縮して、口ごもり、ご機嫌を窺う傾向にあったのだ。彼女のような女に、はっきりと意思を通せるというだけで、彼に一目置いてもいいような気がしている。実花がややふらつく足取りで、お手洗いに立つと、彼は少しだけ椅子をずらして、こちらに全身を向けた。田山さんの髪は真っ黒で毛量が多く、店中の照明をすべて飲み込んだように光っている。

「安心しました。実は前に婚約していた方とは、式場の日程やら新居やらでもめて、すぐにダメになったんです。だから、実花さんにああ言われた時はすごく動揺してしまって。僕は一度スケジュールを組んだら、すべてその通りに進めたいタイプなんです」

「はあ……」

あまりにもあっけらかんと言うので、佐知子はそういうものか、と納得して、白目が青いくらいに澄み切ったくりくりした瞳を見つめる。

「実家は収入が少なくて、小さい頃から苦労している両親を見てきたので、お金や時間は最大限節約したいんです。実花さんとなら、同じペースで人生を無駄なく進めていけると思いました。今までそうやって努力してすべてこなしてきたつもりですが、婚活だけはどうも……」

田山さんは初めて、ちょっとだけ照れたように首を傾げた。そんなに飲んでいるわけではないのに、色が白いせいで、頰と鼻の頭の赤みがとても目立つ。

「今まで培ってきたことが何一つ役に立たなくて。誰と知り合っても、上手くいきませんでした。正直、もう何もかも投げ出したくなっていたところでした。実花さんのように、自分から結婚の意思を表明してくれた女性に出会えて、本当によかったです。実花さんには仕事を続けてほしいんですよね。あ、もちろん、家計のためもありますけどね。あのテキパキしていて裏表がないところは、長いこと真面目に仕事をしてきたから培われたんですよね。僕からも説得してるんですが、佐知子さんからも折を見て、話していただけませんか？」

彼女が懸命に手にしたものを、どうして一方的に殺伐としたものだと決めつけていたのだろう。これくらい正直でざっくばらんな方が、実花のようなタイプとは上手くやっていけるような気がするし、何より、田山さんは実花を理想化していない。これこそが婚活の持つ良い面なのかもしれない。はっきりと情報開示し、共通の目的のために手順を踏んで歩み寄り、遠回りや隠し事をせず、欲しいものをまず最初に口に出す関係。拍子抜けした気がしないでもないが、佐知子は胸を撫で下ろしていた。

テーブルにやや青ざめた実花が戻ってくると、今度は田山さんが席を立った。田山さんは身のこなしがやけに華麗で、店員とぶつかりそうになった時に、まるでダンスのようなターンを決めた。彼の背中が消えるのを待ってから、佐知子は真顔で実花を覗き込む。

「あのね、実花、本当に私のことは気にしないで。田山さん、いい人じゃない？　あなたに合うと思う。むしろ、気にされたり式を延期されたら、私、ストレスになっちゃうよ。脅すわけじゃないけど、今の時期にストレスが妊婦の大敵って知ってるよね?」

我ながら、脅迫めいた口調になって、佐知子は自分に困惑してしまう。

「田山さんと実花の都合を、今は最優先してほしい。それが私からの唯一のお願いだよ。だいたい、行けないって決まったわけではないんだしね?」

実花は曖昧に頷いた。酔いが回っているらしく、動作がいちいちおっくうそうだ。

ひょっとしたら、実花は佐知子を理由にしてすべてをご破算にしたいだけではないだろうか、という予感が頭の片隅にはあるが、今は深追いしないことにした。実花がさらにグラスを重ねているのが気になるものの、田山さんが送って帰るというので、大丈夫だろう、と判断した。田山さんはぼんやりしている実花を促し、きっちりと会計を折半していて、佐知子はかえって好感を持つ。

コートに腕を通し、店の外に出る。年末の澄んだ夜気に火照った頰を冷ましていると、劇場の前に人だかりが出来ているのに気付く。あれ、なんだろう、と佐知子がつぶやくと、実花がふわふわした調子で、出待ちじゃないのかな? と言った。ワインの香りがする息があたりにとけてゆく。

劇場前に横三列で並んでいるのは、佐知子と同世代かもしくは上の、さほど若くない女性ばかりだ。いずれも上品そうな服装で小さな鞄を手に、きっちりと化粧をし、髪を巻いている人が多い。

　貼り出されたポスターを目にして、納得する。「膳場西生のホーリーナイトスペシャル」とあった。膳場は佐知子たちが高校生の時に人気絶頂だった四十代半ばの元アイドルで、現在はミュージカルを中心に活躍している。今なお銀色のメッシュ入りの長髪とすらりとした体形を維持していて、父親役は絶対に演じる気がないらしく、テレビでたまに見かける時は、ゲスト枠のヒーローや主人公の憧れの上司の役割が多い。黒塗りのベンツが国道246号を通ると、「バニー、バニー」と、女たちの一部が叫んだが、すぐに彼を乗せたものではないとわかったらしく、つまらなそうに口をつぐんだ。彼女たちの多くが、彼の名前や写真を貼り付けた、手作りのうちわを振りかざしている。「ドルオタはいつの時代も、どんな場所でも糊とハサミを駆使するもの」という暮羽の発言を思い出し、佐知子はくすりと笑った。

「あの人たち、現実に戻った方がいいよねえ」

と、実花が言ったものの、目がまったく笑っていないので、佐知子はおや、と思った。ややろれつが回らないものの、実花は田山さんをちらちらと見ながら、話し始めた。

「だって、彼はもう五十代になろうとしてるんだよ。あの人たち、十代の頃好きになった時のまま、ああやって並んでいるわけでしょ。彼だって若作りを強いられてかわいそうに見えるよ。すごくいびつじゃない。ファンのせいで、年相応の装いや振る舞いが許されないんだもん。もはや部外者には笑われ者だよ。早めにあんなところから降りた方が良かったんだよ」

そういえば最近、人気のお笑い芸人が膳場の真似をして、話題になっていた。メッシュの入ったカツラをかぶり、ナルシスト風の立ち振る舞いをし、彼が好んで作る表情をデフォルメし、うんと目を細め唇をすぼめて見せる。佐知子も義母や夫と一緒に、モノマネ番組で目にして、笑ったかもしれない。

重そうなダッフルコート姿の田山さんが頷いた。

「そうだね、ファンにとっても当人にとっても辛いことかもしれないね。特に男のスターはね。女のアイドルはある意味、結婚や加齢でファンが離れていくから、そのあたりは気楽かもしれないですよね」

いきなり実花は目を剝いた。あ、来た——。佐知子は身構えた。

「なにそれ。どういう意味ですか！」

この流れは実花がこしらえたものだということを、佐知子は瞬時に理解する。いや、突発的に突っかかりたくなった可能性もゼロではないが、佐知子は、実花がここ数ヶ月、自分ではない何者かになろうともがいていたことを知っている。だからこそ、わかる。これは、おそらく式場の日取りが佐知子の出産予定日と重なるとわかった時から、かすかな可能性を信じて組み立てていたシナリオだったのではないか。ひょっとすると、劇場の前を通ることも、想定済みだったのかもしれない。そういえば、お店の予約をしたのは田山さんだけど、最初に場所の指定をしたのは実花だった。彼女は膳場西生ばりのよく通る声で、たっぷりと抑揚をつけて、演説を始めた。

「私だって、春香を、暮羽を、みんな一緒に五十代になって、ファンも一緒に年とって、おばあちゃんになるまで続く、そういうアイドルグループにしたかったよ。年齢で女の子を判断しない、加齢を前向きに受け止めるファンだってたくさんいるのに……」

「ごめん、まさか君をそんな不快にさせるとは思わなくて。謝ります。この通り」

田山さんがすぐにぺこりと頭を下げた。謝ることなんてないのに。彼はただ流れてきた笹舟（ささぶね）をキャッチしたにすぎない。佐知子はなんだか彼が気の毒になり、イライラしてきた。実花の罠（わな）にまんまとはまった田山さんがおろかにも思える。

「田山さん、全然わかってないよ。アイドルがなんだか、わかってないよ」

実花は半べそでからんでいる。その様子は、婚約者にじゃれついているだけにも見え、止めに入るのはむしろ野暮にも思えた。

「そうだね。ごめん。無神経だった」

田山さんは困った顔をしつつも、どこか嬉しそうだ。佐知子はうんざりしてきた。

確かに、彼は何もわかっていない。結局のところ、実花は心の奥の奥では、結婚なんてしたくないのだ。結婚したい相手が現れないのではなく、結婚というシステムにどうしても窮屈さや違和感を覚えてしまうのだ。それはもう性分であり、個人の生き方だ。強制や我慢ではどうにもならないし、実花が結婚を拒否するからといって、誰かや何かを排斥したいわけではない。それは芝田もそうだし、ひょっとすると松本さんも、婚活パーティーで目にした男女の一部もそうなのかもしれない。自覚していないのは、本人たちだけだろう。

やっとわかった。

実花は田山さんが嫌なのではなく、どんな男とも籍を入れたくないのだ。まるで世界に見せつけるかのように婚活にあれほど没頭したのも、自分と周囲への弁解でしかなかったのだ。あの婚活は活動することが目的であり、ゴールなんて必要なかったのだ。まさかのタイミングで活動が実を結んでしまい、一番戸惑っているのは彼女自身だ。だから、こうやって、自分から議論をふっかけて、相手からマイナス要素を引き出し、非をあげつらい、どうにかして破談にしようともくろんでいる。ところがどっこい、田山さんは女を怖がらないだけではなく、意見を受け流したり、寝かせたり、したたかに主張したりする能力を持っていた。彼の方が何枚も上手である。

今日の会合も、佐知子は駒として利用されたに過ぎないのだ。安定期前なのに体調も精神状態も慮ってくれないということだ。笑ってやり過ごせばいい、ここでキレたらネットで揶揄される「妊婦様」そのものだ、とわかっていても、むらむらと子供のいる辺りから熱が身体全体に燃え広がっていく。お腹の子も反対の意を唱えているのだ。

「もう、実花、やめなよ。田山さん謝ってるじゃない」

「いえ、僕がいけないんです。無神経でした。実花さん、仕事にまだ、心残りがあるんですよね？　僕になんて気を遣わず、実花さんにはマネージャー業を続けてほしいです。その方が家計も助かるし」

　さらさらと口にした田山さんに、実花が奥歯を噛んで焦れているのを、佐知子は意地悪な気持ちでにやにやと眺める。このまま自分が助けなければ、彼女は結婚行きの船の上だ。いい気味である。いっそそのまま世間体を気にした先に待っている現実に押し込められ、自分が手放したものの大きさをよく知ってほしいものだ。佐知子はため息混じりにこう言った。

「そういうことじゃないんですよ……。田山さん、この人、すごくずるいんですよ」

「いや、僕がいけないんですよ」

　田山さんが実花の挑発を受け流すほどに、怒りが増していく。よせばいいのに、佐知子は初めて、真正面から実花を睨みつけた。

「なんなのよ、いっつも、周囲のせいにして。勝手に自分で設定した『まっとうな人』目指して、無理して我慢して。実花なんかより、なんにも言い訳してない、好きなことを自分の采配でやってる、この人たちの方がずっと、ずっと、かっこいいよ」

あっけにとられている実花の前で、佐知子は膳場西生のファンたちを示した。彼女たちが不可解そうにざわついているが、気にならない。大きなお腹を揺らし、ほっそりと可憐(かれん)な実花に向かっていく自分は、さぞ嵩高く、良識ぶった悪役に見えることだろう。でも、そんなことはどうでもよくなっていた。

「オタクを一番バカにしてんのは、実は実花なんだよ。オタクをバカにすんな！　オタクのパワーなめんな！」

もう、実花のファンなんてやめてやる。佐知子は捨て鉢な気持ちになっていた。自分が夢中だった、あの勇敢で風変わりで誰にも似ていない女の子はどこにもいない。ここにいるのは、社会の窮屈な規範になんの興味も持てないくせに、自分をすり寄せて、苦しくなると泣いてすねて騒ぐ三十五歳だ。こんな実花に、ファンというスタンスではもう付き合っていけない。佐知子も実花も、残念ながらお互いに年をとったのだ。

そう認めたら、佐知子は急に目の前が明るくなるように感じられた。実花も憧れの対象から降りていいように、自分も永遠に忠実じゃなくていい。本気で膳場に焦がれて声を嗄らしている女たちを見ていたら、不思議とそう思えたのだ。

「やっといろんなことから、卒業して大人になれそうなのに……。さっちゃん、なんでそういうこと言うの？　元の私に引き戻そうとするの？」

実花の目は真っ赤で、鼻水を垂らしている。その手にはもう乗らないぞ、グラビアアイドルの悩殺ポーズみたいなものなんだ、と佐知子はいっそう表情を険しくした。

「卒業？　大人？　なんでオタクをやめることが、大人とイコールになってるの？　オタクが子供なんじゃなくて、実花が子供なだけでしょ。大人のオタクだってたくさんいるのに。もう、うんざりだよ。私、実花のオタ卒するから。もう推し変だからね」

「なに、それ、ひどい。だいたい、推し変の使い方、間違ってるし」

ずっとこちらを睨みつけていた年齢不詳の、茶色の明るい髪をしっかりとロール状に巻いた女が、いきなり声を荒らげた。

「あの、さっきからなに言ってるんですか？　私たち、オタクじゃないんですけど。オタクなんて人種と同じにされたくないんですけど」

彼女に同意する声があちこちから上がる。こちらを非難する甲高（かんだか）い声がした。

「私たちはバニーの大事な女の子、『バニーガール』です。覚えておいてください！」

「ごめんなさい。気をつけます」

と、佐知子はすぐに謝り、頭を下げた。すると、彼女たちの気は済んだようで、こちらから視線を離し、目の前を走り抜けたベンツを注視している。またしても膳場のものではなかったようで、竜巻のようなため息に夜気が揺れた。

「私、もう帰ります」

佐知子は踵を返して、足を速めた。

「佐知子さん、走らない方がよくないですかあ？」

田山さんの甲高い声が追いかけてきたので、慌てて歩幅だけ広げて、ゆっくり遠ざかっていく。実花の泣き声が聞こえた気がしたが、振り返らなかった。

宮益坂(みやますざか)を下りながら、いつの間にか、実花と自分の立場が入れ替わっていることに、佐知子は気付いた。

それきり、実花からの連絡は無視した。ひっきりなしにメールとＬＩＮＥと電話がやってくるので、夫は「いいの？」と心配そうだが、すべて流して、義母とのおせち作りや商店街の年始セール準備に集中した。実花の実家の住所から届いた年賀状にはびっしりと細かい文字が綴られていたが、ろくに読まずに仕舞い込んだ。

こんなことは十六年に及ぶ付き合いの中で、初めてだった。ただし、暮羽からの企画書は何もコメントをつけずに転送しておいた。

実花の存在さえ頭から追い出せば、驚くほど穏やかな暮らしが待っていた。寂しさを感じないではないが、せいせいしてもいた。自分だけではなく、お互いに依存しすぎていたのだ、と自覚したら、急に子供がいることを楽しめるようになってきた。どこか後ろめたさがあった大きなお腹を許せるようになると、急スピードで膨らみ始めた。内側からノックされるような胎動を感じた頃に、とうとう性別が判明した。女の子だった。

夫も義母もとても喜んだ。

こんな風にして、親友と疎遠になっていくのだとしたら、佐知子は世の中の大きな流れに負けてしまったということになる。でも、やるだけやったという自信がある今、自分でも意外なくらい前向きに彼女の不在を受け止めていた。

何よりも、思い出のスクラップブックを彼女に渡しているという事実が、佐知子を落ち着かせている。あのスクラップブックが実花と佐知子の間に横たわる限り、彼女は自分を忘れないし、自分も彼女を忘れない。再会のチャンスがなくなるなんてこと、あるわけないのだ。故郷のアイドルグッズだらけの部屋で、実花が自分を思いながら、あのスティック糊のにおいがぷんぷんする再生紙をゆっくりめくっていることは、はっきりしていた。

「再就職も考えていたんですが、『ミツ』のデリバリー業務を検討しようと思います。それなら今からでも少しずつ実行に移せるし」

その年、最後の店仕舞いをしている時にそう提案したら、夫は驚いていたがほっとした顔を見せたのは義母だ。

「ほんと言うと、佐知子さんにやめられたら、すごく寂しいと思っていたから、嬉しい」

義母がそんな風に感じてくれていたと知ると、佐知子はここを離れないことはやはり

ベターな決断に思えてきた。そのやりとりをカウンター席から聞いていた内藤さんはすかさず、

「それ、お願いしたい！　今すぐにでも、始めてあげてほしい人がいるの」

と、口を挟んだ。まずはお試しでいいから、と懇願され、年が明けてすぐ、彼女の仕事仲間だという、同じ町内に住むシングルマザー、権藤(ごんどう)さんの家に通うことになった。

ひとまず週に二回から。夜六時から七時の間に、彼女の自宅マンションに夕食を届け、小学四年と二年の娘が食べるところを見届けて携帯に連絡をしてほしい、と頼まれた。今のところ、サンドイッチとスープ、ピラフとサラダといった簡単な店のメニューを使い捨てのボックスに詰めただけではあるけれど、有り難がられた。大人びた気難しい少女たちだったらどうしよう、と身構えたが、二人ともテレビにかじりついて女児向けアニメに夢中になって、佐知子の存在にまったく構わなかった。

何気なく画面を覗き込むうちに、物語に引き込まれた。

親友同士の四人の美少女戦士が、悪と戦いながら、アイドル界でもトップを目指し、それぞれの個性を尊重し、技術を磨く。少女たちが競い合ったり、重圧に苦しまないばかりではなく、ファンのほとんどが同じような少女というのも新鮮だった。悪者も、倒すというよりは毎回、彼ら自身が反省し、彼女たちの生き様を見て成長していくという方向で、それは「呪いを解く」という言葉に集約される。戦士であることがファンの間

で周知の事実で正体がバレることになんらペナルティが科せられないのも、助けてくれる王子様が登場しないのも、面白く感じられた。気付くと、三人並んでアニメを楽しむようになっていた。自分たちの世代のカルチャーとは何もかも違う。お腹の子もそのうち、びっくりするような新鮮な何か、聞いたこともないような物語を教えてくれるのだろう。姉妹は競い合うようにして、細かい設定を解説してくれた。

「変身するときは、こう！　プリズム――、インクルージョン‼」

インクルージョンってなんだっけ、と帰り道にふと気になってスマホを取り出して検索すると、ビジネス用語で、それぞれに特有の経験やスキル、考え方が認められ、活用されていること、という説明が出てきた。

## 12

東京駅八重洲(やえす)南口から徒歩五分の場所にある、その広大な駐車場に、五台の観光バスは等間隔で停まっていた。それぞれのバスの前には、年齢も性別もまちまちのファンが、春香の写真やステッカーを貼り付けたキャリーバッグを引いて行列を作り、乗車の瞬間を今か今かと待っている。はるか昔の修学旅行を思い出し、さして仲が良くないクラスメイトの寄せ集めの班に、担任に無理やり放り込まれたあのざらつきが蘇った。

自分が母親であることを一瞬忘れそうになる。誰かとともに行動することに楽しさを感じるようになったのは、実花と出会ってからだった。二月の午前九時、オフィス街の空気は、皇居の森がすぐ側にあるせいか、澄み切っているように感じられた。

「あ、取り返せたんですね、それ。えーと、あの婚活モンスターから?」

義母から借りたボストンバッグにぶらさげたマタニティマークに気付くと、遠慮する隙を与えず、暮羽はこちらから荷物を奪った。

実花の婚約が破談になったと聞くなり、芝田はうんと機嫌が良くなり、皮肉を口にすることがなくなった。もう区役所に貰いに行ったから必要ないと言うのに、マークを返してくれた。なんでも、漫画家として成功したかつての相棒と連絡を取り合うようになり、来週彼女の家に初めて遊びに行くのだという。

——ねえねえ、手土産何がいいと思う? やっぱ無難にオーガニック系のルイボスティーとか? それとも子供になんか買ってった方がいいかなー?

と、やけに嬉しそうにカウンターから、相談を持ちかけてきた。これまでに見たこともないほど、情緒が安定していて、愛嬌のある彼女だった。

田山さんと別れた、という実花からのＬＩＮＥが届いたのは、七草粥(ななくさがゆ)を準備している最中だった。ああ、これだから、と佐知子は一瞬、血が逆流しそうになったが、向こうからフラれたのだ、とはっきりと述べてあった。

「婚約が決まってから、人が変わったように情緒不安定になった君についていけない。合理的でない感情のやりとりは苦手で、そもそも人に振り回されて自分の時間を失いたくないから結婚相談所で効率よく婚活してるのに」と、言われたそうだ。「でも、今まで会った女性の中で一番話が合うから、友達関係を続けないか」とも提案され、今後も連絡は取り合うのだという。信じられないことに田山さんは三が日が明けるなり、年内に結婚する決意を、書き初めにしたという。それでも、彼もまた、結婚に対してあきらめが強くなりつつあり、単身者向けマンションの購入を考えるようになったという。

——さっちゃん、いろいろごめん。ほんとうにごめん。私、よく考えた。これからのこと。今はデークレのメンバーに連絡をとってる。それでね、来月、暮羽の提案した、春香のバスツアーをやってみたいと思ってるの。仕事を続けるかはいったん保留で。最後のわがままだよ。ツアーに参加してくれないかな。

妊娠五ヶ月、安定期に入った。経過は至って良好で、医師に報告しても特に止められはしなかったものの、長時間バスに揺られる旅を、義母も夫も不安視した。実花の晴れ舞台のようなものだし、こういうことはもう数年は出来ないから、どうしても参加したい、体調には留意するし、お腹が張ったらすぐ横になる、メールで逐一報告するから——。説得を重ねても、夫だけは最後までしぶっていた。

——私が責任を持って、付き添います。佐知子さんから絶対に目を離さないようにして、何かあればすぐにお店か、夫さんに連絡します。それに、こんな風に友達と旅行に行くこと、出産したら、なかなか出来ないと思う。

最近「ミツ」の常連になりつつある暮羽がそう誓い、大人びた態度や職業観で、店では一目置かれている彼女のおかげで、ようやく参加が認められた。ところが、いよいよ申し込みという段階になって、佐知子はその内容に、ぎょっとした。

わずか一泊、大型バスで海辺の街に行き、全国チェーンの大型ホテルで過ごすだけなのに、五万二千円という高額な旅だったのだ。二十代の頃、アイドルの追っかけ以外になんの趣味もないはずの実花が、ほぼ毎月のように金欠をぼやいていたあの謎が、今になってようやく解けた。それでも消えた結婚式を考えれば、ご祝儀のようなものだ、と心を決め、新生児グッズをまとめて買うためにこつこつ貯めていた貯金を取り崩すことにした。暮羽に正直にその感想を伝えると、

「確かに安くはないですよねえ。でも、宿泊を二人部屋にしなければ、あと一万円くらいは浮きますすよ。そうだ、女性客だけの大部屋にしません？　他のファンとも交流できるし、合宿みたいで楽しそう！」

アイドル時代から、同業者のバスツアーにずっと行ってみたかったという彼女は、目を輝かせていた。あなたは有名人で人の目もあるのだから、ときょとんとする彼女を必死で止め、二人部屋を強く希望した。どうやら、暮羽の中では、モデルという職業はア

イドルとはまったく異なるものとして認知されていて、プライベートでは一般人として振る舞っていい、と思っている節がある。それが正しいのかそうでないのかは、佐知子にはよくわからない。ただ、彼女がアイドルを非常に神聖なものだと思っているのは確かなようだ。

暮羽と佐知子がバスの列の一つに加わるなり、さざ波のようなざわめきに取り巻かれた。ニットキャップとマスク、ダウンジャケットとサングラスで変装したつもりでいる彼女は安心しきった様子だが、周囲の男女はすぐに気付いて、ぼそぼそと彼女の名を口にし、中にはスマホのカメラを向ける者もいる。傍の佐知子は気が気ではない。

「あのー、暮羽ちゃんですよね？　こんなところでなにしてんの？」

五十代くらいの、春香の名前がプリントされたTシャツにネルシャツを合わせた男が、照れた笑顔を浮かべているのに、いささか威丈高な口調で話しかけてきた。

「あ、はい。普通にツアー参加中です。私は春香推しなんで」

あっけらかんと暮羽は答え、佐知子は冷や汗をかいた。

「えー、ふーん。あのー、一緒に写真撮ってもらっても、いいですか？」

「いいですよ。でも、ここは春香のツアーで彼女が主役だし、今は事務所も違うんで、絶対にリアタイでネットに上げないでくださいね」

暮羽が明るく、でもきっぱりと言った。男はたちまち目尻を下げ、口元を緩めると、自分の身体からスマホを大きく引き離してみせた。暮羽は男に少しだけ寄り添い、にっこり笑う。フラッシュが光り、男は何度もお礼を言い、離れていった。以前、現役アイドル時代は不人気だった、と自嘲気味に口にしていたが、そんな様子は微塵も感じられない。春香のファンたちは皆、羨望と好奇の目をこちらに向け、暮羽の一挙一動を見守っている。一人に撮影を許したら、次から次へと要求されるかと身構えたが、誰もその男性のような度胸はないらしく、物欲しげにちらちらと盗み見るばかりだ。

「で、春香ちゃんはどのバスに乗っているの？」

なにしろ、五台もあるのだから、不公平にならないよう休憩地点をいくつも設けて、目的地までどんどん乗り換えていくのだろうか、と推測する。隣には実花もいるのだろうか。早く会いたかった。暮羽が笑う。

「まさか、春香はもう、マネミカと一緒にとっくに現地に向かっていますよ。さっきＬＩＮＥ来ましたよ。なんか、このツアーが決まってから、春香からしょっちゅう連絡来るようになって。なんだか、私たちの間に昔みたいな空気が戻ってるんですよ……」

彼女はほくほくしているが、話が逸れそうなので、佐知子は質問で遮った。

「え、ファンとアイドルが一緒にバスに乗っていくんじゃないの？」

てっきり四六時中、春香と共に行動できるものとばかり思い込んでいた。ようやくバスの横にスライドするタイプの扉が開き、列は少しずつ前に進み始める。

「バスツアーはただ、バスで行くツアーっていう意味ですよ。だいたい、春香がここにいたら、車内は大パニックだし、一台にだけ乗るなんて不公平だし、とてもじゃないけど、前に進めませんよ。だけど大丈夫。バスに乗っている最中は、この日のために春香が特別に撮った最新映像が、車内前方のテレビ画面に流れますから」

「え、映像だけ？　現地につくまで？　それで我慢しろって？」

ぼったくり――、そんな言葉が頭をちらついて、佐知子は慌てて蹴散らした。このツアーを企画した、暮羽にも実花にも失礼だと思った。

「アイドルバスツアーってそもそもそういうものみたいですよ。デークレはこれまでやったことないけど。でも、現地について荷ほどきしたら、いよいよ本人登場。まずはチエキ会。それから近所の区民会館でライブ。ホテルに戻り一休みしたら、夜は春香のディナーショーがあって、各自就寝。翌朝は朝食バイキングのあと、ホテルを出て、近所の牧場に。そこで春香と一緒に、バーベキューや乳搾り、七宝焼き体験。ミニトークイベントがあってそれで解散」

しおりに書いてあることを、暮羽は暗記しているようだった。バイキング料理や七宝焼きや牛が、佐知子には哀れに思えた。あくまでも、春香を引き立て、空いた時間を埋め、ツアーの値段を吊り上げるためのアイテムでしかない。人によってはそれが目的で、わざわざ遠くからあの街を目指す人もいるだろうに。

つまり、実花にもさほどは会えないということになる。赤ん坊が収まっているあたりから、ゆっくりと失望と後悔が広がっていく。

——それ、どうしても行かなきゃいけないもの？　身体が何より大事な今？

と珍しく苛立ちをあらわにした夫を思い出すと、さすがに申し訳なくなってくる。

「ずっと一緒にいられるものかと思ってた。私」

ぽつりとそう漏らすと、暮羽はあきれた声を上げた。

「そんなわけにはいかないですよ。だいたい、泊まるホテルだって、アイドルとファンは違うんだし」

急なステップを昇って、ようやくバスに乗り込むと、汗と埃の入り混じったようなにおいでむせかけた。男女比の割合は半々で、いかにもオタク然とした出で立ちは見受けられない。それなのに彼や彼女の醸すものは、例えば「ミツ」の常連とは明らかに異なる、生活や感情を丸ごと長時間煮詰めたような密度の濃いものだった。

白いカバーがかかった背もたれに寄りかかると、お腹がぽこんと前に突き出した。ボストンバッグから引っ張り出したショールでさりげなく隠し、スマホを取り出す。夫へLINEした後、ふと思いついてリアルタイムのキーワード検索をすると、すでにツアー客の多くが、暮羽の情報を発信していた。

——はるはるのバスツアーで、暮羽様発見！

――超きさくで美しすぎる。イメージが変わった。卒業してからの方が断然好き。

――一緒にいるのは、春香ちゃん行きつけの喫茶店のおねえさんぽい。友達なのかな？

どうやら自分の情報までつぶやかれていて、佐知子はたちまち落ち着かなくなってくる。自意識過剰だと嫌になりつつ、髪を直し、リップクリームをこっそり唇に這わせた。

「途中下車のパーキングエリアで、ご当地ラーメン食べましょうか」

傍でガイドブックをめくりながら、暮羽はうきうきと言った。座席の合間から、じっとこちらを見据えている濁った目とぶつかり、佐知子は悲鳴を飲み込むが、彼女は気にする様子もない。バスが走り出すなり、運転席の真後ろに座っていた同世代のガイドの女性が立ち上がった。

「本日は『前田春香の春らんまん　バレンタインツアー』にご参加いただき、ありがとうございます。添乗員の重田です。それでは、さっそく春香さんから、ビデオレターが届いております。ご覧ください！」

彼女の頭上のテレビ画面の暗がりに光が灯り、ぽん、と春香が浮かんだだけで、車内は沸騰せんばかりの騒ぎになった。重田さんは自分が主役でないことがむしろ気楽なのか、こちらと一緒になってはしゃいだそぶりを見せる。画面の春香は車内を見下ろし、まるでお姫様のように、おっとりと手を振っていた。

『久しぶり、はるはるだよ――!! みんな元気かな――?』

傍を見ると、暮羽は目を赤く潤ませて肩を震わせ、ぶつぶつと意味のわからないことをつぶやいている。はっきり言って佐知子は、生身の春香にしか興味がないのだが、今はここで喜ばないと袋叩きに遭う気がして、わざと食い入るように画面を見上げた。

どこかのスタジオで、お笑い芸人と対話する形をとって、春香は近況を報告しているようだ。休んでいる間にお菓子作りにはまったこと、現役時代に好きだった楽曲ランキングについて、特徴的なふわふわした口調で楽しげに話している。解散コンサートで髪を振り乱し歌い踊っていた印象が強いだけに、幼い仕草に戸惑った。暮羽と一歳しか違わない二十二歳にはとても見えない。

彼女のちょっとした仕草や言い回しで、車内は感嘆のため息や爆笑に揺れた。

白い襟がついた小花柄のワンピースと同系色のヘアバンドが、やや浮世離れしているが、おとぎ話のヒロインのようでよく似合っている。もともと太りやすい体質というのは本当らしく、解散時よりも幾分ふっくらしているかもしれない。それでも、周囲に他のメンバーがいないため、体形の変化は気にならない。さらさらの黒髪を揺らして、のんびりと笑う様は、どんなに不機嫌な人間でも目を細めたくなるような、生まれもった愛嬌があった。「可愛い!」「はるはるー!」と、感に堪えぬようにファンたちが声を嗄らしている。

バス前方には国会議事堂が迫っていて、その上でニッコリと微笑む春香のお嬢様スタイルと、偶然にも調和している。どこがどうとは、上手く言えないが、以前の彼女と別人になっている予感があった。それに気付いてしまったが最後、この旅を心から楽しめないことは、わかりきっていた。

バスは高速に乗り、その瞬間、青空が消えた。

窓のすぐ下の崖で、巨大な波がくだけた。

パーキングエリアのテラス席で受けた冷たい潮風を思い出し、佐知子は軽く身震いした。肌が粉を吹くほど水分を失っていた。咳をしたら、喉が切れそうだ。約二時間のバス旅行を経て到着したホテルは、海に面した崖の上に聳え立っていた。八〇年代は日曜日の朝必ずＣＭを目にしていた、今なお日本でその名を知らない人はいないほどのメジャーな施設なのに、何故かこのバスツアーの参加者以外まったく客の姿が見当たらない。割り振られた番号に従って、佐知子たちは窓際にぴたりと身を寄せ、長い行列を作った。どうしても出荷される家畜の気持ちを思い浮かべてしまう。

高い天井には巨大なシャンデリア、イルカの模様が散る青灰色の絨毯が敷き詰められたがらんとしたロビーを少しずつ進む。行き着いた宴会場には、写真館のようなホワイトの背景と応接セットが用意されていた。ビデオレターと同じ出で立ちの春香本人が、この瞬間を待ちわびてきたファンをにこやかに出迎えた。

春香は柔らかそうな丸顔をほころばせていて雛人形のようだが、佐知子にはなぜかチークやリップが薄いような気がした。いや、メイクや体形の問題ではなく、輪郭が曖昧なのだ。すぐ前に並ぶ暮羽がこの世界にくっきりと存在しているのに対して、春香は今にも、その白い背景に溶けて消えてしまいそうだった。

おそらくはこの輪郭の濃淡こそ、芸能人とこちら側の差なのだろう。そんなことが気にかかるのは、このところ、女性誌ばかり読んで変に目が肥えてしまったからだろうか。

壁際の長い水槽では、ぴくりとも動かない魚がプラスチックのお城に仕込まれた薄青いライトを受けて死んだように漂っている。泡の向こうに、きりりとしたパンツスーツ姿で立っているのは、約二ヶ月ぶりに会う実花だった。水槽越しに彼女を見つめているうちに、春香まで続く列が短くなっていく。

「マネミカ!　げんきだった?」

と、ファンに親しげに話しかけられるたび、実花は丁寧に対応している。こちらとようやく目が合うと、ほんの少し気まずそうに頭を下げた。佐知子も、ごめんね、という風に会釈をすると、実花はぎこちない笑みを浮かべ、腰のところで小さく手を振ってみせた。佐知子はそれだけで涙ぐみそうになった。

五万二千円も払って、家族の反対を押し切って、長い移動を経て、自分はこういう実花をわざわざ見に来たのだと思う。ここ半年間の上の空の実花でもなく、思春期の少女のように泣いてごねる実花でもなく、しっかりと地に足をつけ、落ち着いた物腰で、周囲に必要とされるスーツ姿の実花を。もちろん全部、彼女だ。でも、彼女が必死に築いてきた、人生の核となる部分は、おそらくは春香を見守る、保護者然としたこの横顔なのだ。

「あー、『ミツ』のさっちゃんさんだ‼　ずーっと会いたかった——」

自分の番が来るなり、春香は瞳をぱっと輝かせて、ほんの少しだけ身体を近付けてきた。彼女が尖った八重歯をしていることに初めて気付いた。五年前、二回ほど接客しただけ、その後は解散前のライブで、楽屋で挨拶をしたに過ぎない。それなのにこちらの名前も顔もちゃんと覚えていて、お愛想をさらりと口に出来る。暮羽がサイン会でしたのとまったく同じ対応を受け、佐知子はなぜだか急に、彼女たちが可哀想になってくる。別に自分なんかに興味があるわけではないだろう。目に入る人すべてに好かれなければ許されない。条件反射で完璧な笑顔を浮かべることが出来なければ、起き上がれなくなるまで糾弾される世界。笑顔の春香を当たり前のこととして享受している、自分を含めたここにいる男女すべてが、罪深い存在に思えてならない。

はしゃぎっぱなしの暮羽に続き、春香と一緒に応接セットに向かい合った。慣れないフラッシュにどぎまぎしているうちに、スタッフに促され、わずかな時間はすぐに、次の客に奪われた。若い男性スタッフが撮影したポラロイドの中の佐知子は、引きつった笑顔の上、身体の幅は春香の倍以上はあって、とても直視できる代物ではない。安定期に入ってから食欲が止まらず、ことに甘いものとなるといくらでも収まるようになっていた。

出来るだけ写真を見ないようにするために、顔から離して指先でつまんで持ち歩き、部屋に着くなりすぐにボストンバッグにしまい込んだのに対して、暮羽は壁側のベッドにスキニージーンズに包まれた長い足を投げ出すなり、かつての仲間のはずの女の子と自分のツーショットを飽きずに見つめ、にやにや笑いを浮かべている。

このところ親しく付き合っていたとはいえ、相手は一回り年下の有名人だ。いざ、こうして密室に二人きりになると、どんな態度をとっていいのか迷う。

暮羽の立場を考慮してか、実花は直接、旅行運営会社に掛け合って、他のツアー客が泊まることがない最上階のスイートルームを手配してくれた。文句を言ったら、ばちがあたるとわかっている。小さなソファを一つとセミダブルのベッドを二つ離して並べただけの部屋は、荒れた海の色が溶け出したようだ。窓から見下ろしたら、崖の下で波がぶつかり、暗い水面から白い飛沫がまるでこちらをつかまえようとするかのように飛び出してきた。

結婚以来、家を離れ、ホテルの一室から見知らぬ景色を眺めたことなどない。夫、義母、チイの顔が順繰りに浮かんだ。先ほどからまとわりついて離れないもやもやした違和感は、こうして打ち寄せる波のように形を成しかけては、すぐに砕けて散っていく。

「春香、ブランクを感じさせませんね」

暮羽はポラロイドからまだ目を離さず同意を促すように言った。佐知子は曖昧に笑う。彼女と自分では目に映るものはまったく違うのだろうか。それは佐知子がこのツアーにそぐわない部外者だからだろうか。それとも暮羽は見たいものしか見ない、と頑なに自分を律しているのだろうか。ファンとはそういうものなのだろうか。

かつて、実花に対して、佐知子もそうだった。弱い彼女を、迷う彼女を、本当は気付きながら、見て見ぬふりを通してきた。もう一人の実花の存在を認めることは、自分ばかりではなく彼女をも傷つけてしまう気がした。

とんびらしき鳥が曇り空から降りてきて、水面ぎりぎりを滑っていく。

春香の心はもう、別の場所に羽ばたいているのではないか。

「さ、もう支度しないと。近所の区民会館に移動して、いよいよ春香のライブですよ」

暮羽に声をかけられて顔を上げ、佐知子はすぐそばの鏡に映る、やけにくたびれた肌とぱさついた髪の女を発見する。最近はどんなにケアを丁寧にしても、潤いがお腹の子にぐんぐんと奪われていく。頬に出来たシミがどうしても消えない。へその周りが痒くて仕方がなかった。ソファに畳んでおいたコートとマフラーを手早く身につけ、ドアキーを手にとる。部屋に入ってから、十五分ほどしか経過していない。ツアーの行程はしおりで読むとどうということはないが、こうしてこなしていくと、どうしてなかなかハードだった。

一階のロビーに集合となり、再び同じバスに乗り込んだ。四十分ほど山間のくねくねした道を走り、在来線の小さな駅に向かい合う格好の区民会館に五台のバスは到着する。こんな人数が果たして収まるのだろうか、と不安になるような、こぢんまりした建物だった。外壁のペンキ絵は地元の小学生が描いたものらしい。これだったら、先ほどのだだっぴろいホテルのロビーで公演すればいいのにな、と思い、そうか、移動で時間を稼ぐつもりなんだ、と気付いた。

先ほどの撮影会の時と同じように、佐知子たちはスタッフに誘導されるままに長い行列を作り、ゆっくりと進んでいく。会館の一階にある図書館の利用者たちは、日常に突然現れた年齢もまちまちの大勢の男女を、怪訝な様子で見つめている。手提げにたくさん絵本を詰めた五歳くらいの男の子に不思議そうな目を向けられ、佐知子は急に恥ずかしくなった。近くの棚に並べられた児童書の中に、実の母が読み聞かせてくれた『すてきな三にんぐみ』を見つけてしまう。周りを見渡したが、暮羽はもちろん、他のツアー客も所在なげな表情を浮かべているものなど一人もいない。すぐ先にいるであろう春香を思って、わくわくと目を輝かせ、住民たちの視線など撥ね飛ばさんばかりだった。

数十分して、三百席程度のパイプ椅子が並べられた講演会場のような場所にようやく通された頃には、腰から下がずしりと重く、すっかり足がむくんでいた。室内には小学校の頃、体育室でかいだマットや跳び箱と同じにおいが漂っている。重いカーテンで挟まれた舞台には、「はるはるカラオケ18番&なんでも質問コーナー」とある横断幕がかかっていた。その文字がマジックで書かれていることが一目瞭然だ。

「なんていうか……。昔とだいぶ印象違うよね……」

遠慮がちに佐知子はつぶやいた。現役アイドル時代の五人は、身につけている衣装もライブハウスのセットも、それほどお金をかけたものではなくとも、いつもスタイリッシュで都会的なイメージだった。暮羽はきょとんとして、「え、バスツアーってだいたいどこもこんな規模でこんな感じみたいですよ」と言った。

「みなさん、こんにちは――。はるはるだよ――」

照明が落ちると、ロック調の音楽とともに、今度はショートパンツにトレーナー、キャップというストリート風の出で立ちの春香が歓声とともに登場した。剝き出しのふとももは張り詰めていて、きゅっと引き締まった足首へと続いている。先ほどのワンピース姿より、春香の明るい持ち味が活かされていた。彼女がまことに格好の良い膝小僧をしていることに気付き、佐知子は実花のいつかの話を思い出す。子供の手のひらに収まるほどの、形の良い、さくら色の膝小僧だ。

バレンタインにちなんだ有名アイドル楽曲を、春香が次々に歌っていくという趣旨のようである。Ｐｅｒｆｕｍｅの「チョコレイト・ディスコ」や国生さゆりの「バレンタイン・キッス」など、佐知子にも聞き覚えのある楽曲が続き、会場はその都度沸いたが、ついうとうとしてしまう。

尖ったものをお腹に感じて、佐知子は我に返った。隣で中腰になっている暮羽が今まで見せたことのない恐ろしい目でこちらを睨み、グイグイと脇腹を肘で押しているのだ。目を閉じたのは自分が悪いが、ちょっと妊婦に乱暴が過ぎる。どうやら、全員立たなければならない曲調らしい。厳しい表情で促され、佐知子はしぶしぶと腰を浮かし、見よう見真似で肩を揺らし、手拍子を打つ。「ミツ」で働いている時より今日はずっと、立っている時間が長い。ムートンブーツの中で、足の甲がむくんで山型食パンのように盛り上がっている。

数曲歌い続けた後で、春香は汗の滲む顔をほころばせ、スタッフが差し出した大きな箱にか細い腕をつっこみ、アンケート票を一枚引っ張り出した。

「では、最初の質問です。はるはるは、今後芸能活動を続けるんですか？　それとも、もう辞めちゃうんですか？　……うーんと、今までとフィールドは違うと思いますが、春香なりのやり方で、はるはるワールドを発信していきたいと思います」

客席が満足そうな歓声でいっぱいになる。暮羽もよし、よしという風に目を細め、何度も頷いている。佐知子はいつにないむず痒さを感じ、本当はわかっているんでしょ、と舞台に駆け上がり、ここにいるみんなに詰め寄りたくなった。

一体あんたたちは、何を見ているんだ。今後の見通しについて、春香は先ほどから明言を避け続けているではないか。目をつぶったところで、最終的に一番傷つくのはあんたたちなんだぞ。

息苦しく、身体がだるくなっていた。細身の暮羽からもあの濃い煮詰めたようなにおいが発散されている。次の曲が始まったようだ。吐き気がこみ上げ、視界がぼやけ、音がかすんでいく。舞台の春香が、二重になった。

その時、すぐそばの壁にぴたりと背中をつけて、小さな手提げをぶらさげて舞台を見守っている実花と目が合った。彼女が考えていることが、それだけでわかった。この熱狂から取り残されているのは、佐知子と実花だけだった。暮羽はもはやこちらなど気に留めずに髪を振り乱し、大声をあげ、どこからか取り出したペンライトを振り回している。一番隅の席であるのを良いことに、佐知子は通路に半歩だけそっとずれた。誰もこちらを見ていない。実花が素早く傍にやってきて、周囲から佐知子を庇って肩を抱くと、出入り口を目隠ししている天鵞絨（ビロード）のカーテンでこちらを包むようにして、ロビーへと連れ出してくれた。

清涼な空気と明るさにほっとして、佐知子は大きく息を吸い込んだ。実花に勧められ、壁際につけられた背もたれのない布張りの長椅子に腰を下ろす。会場は防音効果に優れているらしく、ライブの音はここにはほとんど聞こえてこないが、ずん、ずんという振動が壁を伝わって背中に感じられた。二人のいる場所からは、図書館のガラス張りの自習室が見えた。春香や暮羽と同い年くらいのスーツ姿の女子学生コンビが、就職活動中なのか、おでこをくっつけ合うようにして問題集を覗き込んでいる。ほとんど素肌らしく、午後の日差しを受け、産毛が輝いているのが、この距離からでもわかった。

「大丈夫？　疲れたんでしょ？　顔色悪いよ」

実花はすぐそばの自販機で、手提げから財布を取り出してミネラルウォーターを買うと、立ったままこちらに差し出した。お礼を言うと、佐知子はキャップを開け、一口飲んだ。からからだった身体に、強い甘みさえ感じるほど澄んだ水が染み込んでいく。

「うん。平気。ありがとう。実花こそ、ライブ中に出てきちゃっていいの？」

「スタッフさんにはお客さんの具合が悪そうだから介抱してたって言うから、大丈夫。それに、すぐ戻るよ」

そっか、とつぶやき、佐知子はペットボトルの中で、打ち寄せる大波が穏やかな水面に変化していくのを見つめた。実花がようやく、隣に腰掛けてくれた。

「さっちゃん、なんか、ごめんね。いろいろ。高かったでしょ、このツアー。招待するのが筋なんだけど、実はこれでも集客が厳しくてさ……」

「そんなことないよ。それは気にしないで。こちらこそ、年末は言いすぎた、ごめん」

座ったままぺこりと頭をさげると、実花は何故かこちらの前髪をくしゃくしゃに乱した。ただでさえ艶のない髪が、今日は潮風でいたんでいたので、少々恥ずかしかった。

「こっちもごめんね。さっちゃんにも田山さんにも甘えてたね。恥ずかしいよ」

三人で会った夜がもう随分昔に思われた。実花との歴史の中で、こんなに長い間、疎遠になっていたことはない。彼女が隣にいる安心感を味わうと、自分がどうして日々をつつがなくこなせていたのか、それは本当に和田佐知子の時間だったのか、不思議で仕方がなくなってくる。

「あのさ、これ、さっちゃんにどうしても自分で返したくてさ」

そう言って実花が差し出したのは、以前婚活パーティーで佐知子が渡したスクラップブックだった。やっぱりあの時、押し付けてよかったと思う。こうして再会するきっかけになったのだから。何気なくめくってみて佐知子は、あ、と声を漏らした。自分が切り貼りしたページに新しい素材がちらほらと加わっているのだ。十代の佐知子と実花のプリクラ、当時一緒に行ったらしき映画のチケット、いつかこんなところに住みたいね、と話した記憶のあるフランスの古城の切り抜き。それだけではない。ここ数ヶ月のいろいろな場面を思い出させる紙ものも貼り付けられていた。芝田と行ったスナックのコースター、実花のマンションを訪れたとき佐知子が手土産にした安い和菓子の包み紙、

「ミツ」のレシート。

「すごいね。実花も物持ちがこんなに良かったなんて」

彼女もまた、自分との時間を取り出して慈しんでくれたのだ。実花の切り貼りが加わったスクラップブックは密度を上げ、新しい表情を見せていた。奈美枝さんもこんな風に少しずつスクラップブックに手を加え、アップデートしていたのかもしれない。思い出を大切にしていいように、新しい発見もどんどん取り入れて上書きしていいのだ。もしかして、私たちは戦っているのかもしれない。アイドルの振り付けを真似ながら、チケットの半券や切り抜いた雑誌に糊を塗りたくりながら、両手からすり抜けようとする愛や喜びを必死でつなぎ止めようとしているのかもしれない。ひょっとしたらインスタグラムもZINEも手芸もお菓子作りも、こまごました可愛い何かを集めることも、同じなのではないか。好きなものに囲まれ、スクラップ作りに情熱を注いでいた奈美枝さんもまた、一人のファイターだったのだ。

「何も残すことが出来なかったと思っていたけど、こうやってよくよく振り返れば結構毎日さっちゃんと楽しくやってるんだよね、私。見落としていることっていっぱいあったのかもしれないよ」

それは自分も同じだった。未来を不安に思うあまり、目の前で起きていることがぼやけて見えた。だからこそ、今これを口にしなくてはならない。

「あの、実花はわかってるんでしょ。春香ちゃんの心がもうここにないこと……」

思い切ってそう言うと、実花はあっさりと頷いてみせた。こうして眺めていると、春香よりも、暮羽よりも、彼女の方が整った顔立ちをしていることがはっきりする。スポットライトを浴びる資質というもの自体が、佐知子はよくわからなくなっていた。

「そうだね。さすが、鋭い。あの子はね、もうアイドルになーんの未練もないみたい。休み中にすっかり人生観が変わったの。このツアーを最後に、本当にこの世界を去るみたい。正直言って、今日もイヤイヤなのかもしれないね。あの子の意思を聞き出して、私もこの企画を引っ込めようとはしたんだけど、事務所も乗り気で、本人も暮羽や他のメンバーに勧められたせいで、これを最後にして踏ん切りをつけてみようって言うから、決行したんだけど」

「そっか」

以前の自分だったら――、春香を説得しろ、引き留めろ、あなたなら出来る、と特に深い考えもなく無責任なアドバイスをしたのかもしれない。自分のそういう態度が、彼女から逃げ場を奪ってきたのだ。

「さっちゃん、私ね。なんか吹っ切れたんだ。いろいろあったおかげで。芸能界にも、婚活にも、ハマれる場所がなかった自分をもう、許していいかもって思えたんだ……。これから、どうするべきか、まだビジョンは固まってないけど……」

　実花は言葉を濁し、図書館の自習室の、さらにその奥に据えられた窓から見える景色の、そのもっともっと先を見つめている。それなのに、心ここにあらず、という感じはまるでなかった。久しぶりに、彼女と目線を合わせて話し合っている、という手応えに背中を押され、佐知子は考え考えではあるが、口を開く。

「あのね、実花。私、ずっとオタクになりたいって思ってたの。オタクっていう言い方は、失礼にあたるのかな。ただね、自分の好きなものにまっすぐになれて、他の人からどう見えるとか、どう思われるとかおかまいなしの、好きなもの以外はどうでもよくて、なにがあっても平気な人になりたかったの。迷いのない人になりたかったの」

　ドア越しに歓声がかすかに聞こえてきて、二人は顔を見合わせる。実花は照れ臭そうに、鼻の付け根に皺を寄せた。

「うん、かっこいいよね、あの人たち。私も出来たら、好きなことを好きなままにしておきたかった。一番好きなことを仕事にして、好きなものに近付きすぎたら、三十過ぎたあたりから、なんだかとっても苦しくなっちゃったんだよ」

「ファンって難しいよね。好きなもののそばに寄りすぎてもいけないし、遠すぎると切なくなっちゃう。私、自分がよければ、実花が私をどう思っててもいいやっていう、あなたの一途（いちず）なファンにはどうしてもなれないみたいなんだ。やっぱり必要とされたいし、必要としたい。そうじゃないと、すごく寂しいよ」

「それ、当たり前だよ。だって、うちら、友達じゃん。必要とされなかったら私も悲しいよ。実を言えば、さっちゃんが結婚した時、和田さんに嫉妬したよ。『ミツ』にすっかりなじんでいる時は、お義母さんに嫉妬した。さらに、さっちゃんがお母さんになったら、もう今度こそ、私の出る幕なんかないと思って焦った。私がさっちゃんに出来ることなんて、なくなった気がしたんだよ。でも、私は私で、これまで身につけた何かを使えば、きっと力になれる部分もあるはずなんだよね。やってみる前から、なーんであきらめてたんだろう」

なんと言っていいかわからず、佐知子は思わず実花の引き締まった肩に、頭をもたせた。実花が軽く肩を持ち上げてみせた。佐知子は笑って、頭で押し返す。自習室のスーツ姿の女の子の一人とふいに目が合った。彼女がびっくりした顔をしていることから察するに、どうやら佐知子は目を赤くしているらしい。実花と知り合ったのは、ちょうどあの娘たちくらいの頃だ。

「そうかあ、二推しってことか……」

急に思いついて、佐知子は頭を持ち上げると、実花に向かってまくしたてた。

「どうして、実花に芝田さんが、私に暮羽ちゃんが必要だったか、今わかった。友達と引き離されていく気持ちを、おのおの、わかってくれる相手だったからだね」

実花は何かを思い出してか、意地悪そうににやにやしている。

「二推しはちょっとひどいよ。そりゃ、さっちゃんが一番の友達ではあるけど」

「そうだね。ごめん。ていうか、芝田さんて、別にいい人じゃないけど、面白いもんね」

「わかる。すごい、わかる。実はさ、芝田さんが原作書いてた漫画、秘密ルートで手に入れたの。あの人さあ、結局のところ、めちゃくちゃ才能あるんだよね」

「え、うそ‼ どんなジャンルなの⁉ あの人、絶対教えてくんないんだよ」

佐知子は思わず手を打ち合わせてしまい、実花は面白くて仕方がないという顔をしている。

「今度見せるね。びっくりするよ……。あ、そろそろ、戻るとするかね」

そう言って、実花は立ち上がる。ほうっと見とれるほど細い腰回りが、佐知子の目の高さまで伸びていく。

「私も、もうちょっと休んだら、戻るよ。暮羽ちゃんに叱られたくないし」

実花はドアを開け、揺れるカーテンの中にその薄い身体を滑り込ませた。後ろ姿が消える寸前、春香の歌声とファンの絶叫がドアの隙間から溢れ出した。区民会館のロビーをほんの一瞬だけ原色で満たしたそれは、すぐに海辺の街の静寂に飲み込まれていった。

13

どうにも腹部がきつくて痒い。部屋の外に出る時は何か羽織ればいいや、と思い、佐知子はもう浴衣に着替えてしまうことにした。少しだけ横になり、シャワーを浴びたら、具合はすっかりよくなっていた。ドアをノックする音に気付き、そっとノブを引いたら、

「こんにちは〜」

ほんの二時間前まで区民会館のステージで視線を集めていた春香が、桜色の耳からマスクを外しながら、目の前でにこっと笑っている。カーキ色の男物のジャンパーを羽織りニットキャップを目深に被っているので、うつむいていたら誰だかわからないだろう。暮羽が洗面所から濡れた髪のまま飛び出してきた。見れば、春香のグッズTシャツに着替えていて、この後の準備は万全の様子である。もう変装などどうでもいいようだ。

カーテン越しに見る窓からの海は藍色に沈み、暗い空との境目がほとんどなくなっていた。あと三十分ほどで、一階の宴会場で夕食が始まり、そのまま春香のディナーショーとなる。

「もう、何やってんのよ。ファンの部屋に個人的に来たなんてバレたら、たとえ女オタ相手でも、大問題だよ。クレームきちゃうよ」

暮羽は非難がましく言いつつも、廊下を見回しながら、春香を招き入れた。自分のベッドに彼女が座れる場所を確保しようと、散らばった衣服を乱暴に隅に寄せようとしている。一見しっかりものに見える暮羽だが、わずか数時間、行動を共にしてみて、日用品の扱いやちょっとした生活態度がかなり雑なことに驚かされていた。まだまだ手間取りそうなのを見かねて、佐知子が勧めたソファに、春香はジャンパーを脱ぎながらふんわりと着地した。下に身につけていたのはディナーショーの衣装らしい、いかにもアイドルめいたシュガーピンクのチュチュ風ミニドレスだった。すらりと伸びた脚の膝小僧に、佐知子はまた見入ってしまう。

「大丈夫だよー。マネミカがファンにさえ見つからなければ、ステージまでは好きにしてていいって言ってたから」

「げー、それでも、絶対怒られるよ、私たちも巻き添えになるよ」

眉をひそめつつも、暮羽は嬉しくて仕方がなさそうに、散らかり放題のベッドに身を弾ませる。

「で、春香、いつから活動開始するの？　実はさ、さっきの質問書いたの、私なんだよ」

そう言って得意げに胸を反らせる彼女は、佐知子の知る大人びた暮羽ではない。目の見張り方が猛々しく、ぐいぐいと押し付けてくる図太さがあった。しばらくして、春香はあっさりと言った。

「ああ、そうなんだ。ありがと。でも、私、もう、歌とか踊りとか、いいんだ。くーちゃん。あのね、ずっと言おうと思ってた夢があるの。カフェを開きたいの。『ミツ』みたいな」

突然、耳になじみきった名が出てきて、佐知子はぎょっとした。おそらくはこの床の下で、わくわくと夕食への身支度を整えているであろう、数百名のファン。彼らが渇望してやまない女の子が、どうやらこちらに憧れの眼差しを向けているようなのである。

お世辞やお愛想ではない証拠に、春香はこちらから決して視線を逸らそうとしない。

「私、甘いもの、作るのも食べるのも大好きなんです。休みの間によくわかりました。でも、アイドルは太れないじゃん？　だから、もういいかなって」

「え、そんなことのためにアイドルやめちゃうの？　たかが、食べ物なんかのために？春香が世界に発信したいことってまさかカフェ？」

暮羽は、あっけにとられ、顔色を変えて口をぱくぱくさせている。

「そんなこと、じゃないもん。スウィーツは今、私にとって何よりも大事だもん」

春香は唇を尖らせた。ドレスに合わせたらしい、甘い味わいのピンクに塗られている。

「春香のこと、あんなに応援してくれる人たちはどうなるの？　そんな自分の都合で裏切って、悪いと思わないの？」

「うーん……。そうだなあ。私は、くーちゃんみたいに、スタイルいいわけでも、真奈美みたいに歌やダンスがプロ並みってわけでもない。女優さんの才能もないし。それに、私よりもっと可愛い子はいくらでもいるもん。みんなと過ごした時間だけで、もう十分だよ」

特に残念そうではなく、春香は言った。他者の意見を寄せ付けないその調子は、この半年、佐知子がいろいろな場面で目にしたものだった。

「もう、なに言ってんだよー。一年くらいダンス留学して、勉強して、じっくり考えてみればいいじゃない」

暮羽が必死におどけて機嫌を取るように言うと、春香はたちまち、うえっと顔をしかめてみせた。

「私、外国のご飯嫌いなんだもん。飛行機苦手だし。向こうはこっちみたいにコンビニも充実してないし、トイレも使いにくいじゃん。私のファンの人には悪いけど、きっとみんな、ほかの若い子にすぐに推し変するって。それでも、どうしても私がいいっていう奇特な人はお店に来てほしいな。ねえねえ、さっちゃんさん、やっぱりカフェを開くには、専門学校行きながら、アルバイトするのが近道ですよね？」

急に話の矛先がこちらに向いて、佐知子はしどろもどろになる。たくさんの光を宿した茶色の瞳を見ていると、どこかに吸い込まれ、一生戻ってこれなくなりそうだ。

「え、私は、私は、ただの栄養士で、今はたまたま夫の実家を手伝っているだけだよ。それに今、妊娠しているから、これからどうなるかなんて、まだ、わからないよ」

　暮羽がこちらに、じとっと沈んだ視線を向けるので、慌ててしまう。こんなことで、妬まれてはたまらない。しかし、この発言はより一層、春香をはしゃがせることになる。

「うわあ、さっちゃんさん、赤ちゃんいるんですか？　おめでとうございます。あのね、あのね、ママになってもカフェを続けるのが、私の夢なんです。あのう、よければ、お腹、触らせてください。私も早くお母さんになりたいなあ」

　なんだか、妙なサイクルにはまり込んだようで、佐知子はめまいを覚えた。春香の見通しというものもまた、非常に子供っぽい気まぐれの領域を出ないもので、暮羽の苛立ちもわからなくもなかった。春香は嬉しそうに、小さな両手で佐知子のお腹をさすっている。柔らかそうな唇から漏れる息や黒髪から甘い匂いが立ち上り、全身がくすぐったくて、佐知子は鼻をむずむずさせた。

「カフェの常連さんと恋に落ちて、いつか一緒にお店をやるのが最終目標なんです」

　彼女が歌うように言うと、暮羽が顔をしかめ、こう吐き捨てた。

「なにそれ、男に頼るの？　結婚がゴール？　そんな依存的な生き方ってデークレのポリシーに反するよ！」

　はらはらしているこちらをよそに、春香は頬をぷくっと膨らませる。

「えーなんで？　別に媚びたりしてるわけじゃないよ。私がやりたいこと思い切りやるだけで、夢を叶えるだけで、男に依存していることになるなんて、そんなの、おかしいよ。私たちが戦うのはデートじゃなくてデートの呪い、じゃないの？」

睨み合う二人を前にして、佐知子は何故だかあの日のことを思い出した。

夫と鳩時計を壊しに行った夜のことだ。軍手越しに感じた、夫の手の温かさを。実花をあきらめなくていい、一緒に戦おうと言ってくれた、あの眼差しを。彼に会いたかった。こうして旅に送り出してくれる彼のことを、改めて大切だ、と思った。

暮羽はいきなり立ち上がると、背中を向け、浴室に直行した。どうしたの、お腹痛いのお、と春香は間延びした声をあげる。佐知子は駆け足で追いかけ、閉まる寸前のドアに身を滑り込ませた。便器の蓋の上に、暮羽は腰掛けて、うなだれている。

「やっぱり、私は春香には敵わないよ……」

彼女はぽろぽろと涙を流している。何と言っていいかわからず、佐知子は湿った空気の中、立ち尽くした。浴室はあちこちが濡れていて、先ほど暮羽が使ったらしき、高級そうな乳液の匂いが充満している。

「あの子は自分の才能とか、どう見えるかなんて、どうでもいいと思ってるの。なんにも執着がないの。コンディション次第で、神レベルにもぽんこつにもなる。私みたいに歯を食いしばって一定のレベルを保とうとしない。でも、いつだって全力で女の子を満喫している。だから骨の髄まで可愛いの。女の子の中の女の子。世界で一番の女の子なんだよ」

彼女は消え入りそうな声でつぶやき、トイレットペーパーを乱暴に引きちぎって、洟をかんだ。暮羽のものらしき短い髪の毛が一本、大理石の床に濡れて張り付いていた。

「春香は生まれながらのアイドルなんだよ」

佐知子は少し迷ったが、バスタブのへりにタオルを敷いて、腰を下ろすことにした。義母が見たら、妊婦がそんな安定の悪い冷たいところに、と目を吊り上げるだろうか。

「あの……。暮羽ちゃんの言うことは、たぶん、私が一番わかると思う。春香ちゃんの光が消えてしまいそうで、二人の関係がこれで終わりそうで、それだけじゃなくて、同時に自分がもう二度と、元に戻れなくなりそうで、怖いんだよね」

暮羽は濡れた目のまま、こくりと頷いた。鼻水が垂れ、顔のあちこちが赤らんでいた。そうしていると、まだほんの子供なのだとわかる。この子はこの子で、慣れない新しい世界でたった一人、必死に背伸びしているに過ぎないのだ。おまけに、十年に及ぶ芸能活動のせいで、普通の二十三歳が当たり前にしている経験がすっぽり抜け落ちている。昼間、図書館で目にした就活生の方がよほど大人な部分もあるのかもしれない。

「先に進むからって、立場が変わるからって、二人のつながりが消えちゃうわけじゃないよ。それに春香ちゃんの輝きは、また違う形で残っていくはずだよ」

バニラのようなあの匂いを感じて振り向くと、春香がいつの間にかやってきて、こちらを見下ろしている。濡れたシャワーカーテンをくるくると小さな身体に巻きつけて、目元だけをちょこんと覗かせている。暮羽の言う通り、そんな気まぐれな仕草すら、驚くほどに愛くるしい。おっかなびっくりといった調子で、彼女は言った。

「……くーちゃん。見てごらんよ。さっちゃんさんもマネミカも、ずーっと一緒じゃん。仕事も性格も、ぜーんぜん、違うのに。心配することないよお。うちら、場所や仕事は違っても、さっちゃんさんとマネミカみたいになっていけば、いいんだよお」

暮羽がわっと泣き出し、立ち上がる。春香がつくったカーテンの小部屋に飛び込む格好になった。カーテンレールが頭上でからからと鳴っている。

「ほらほら、泣かないで。私、今日のステージ、うんと頑張るよ。くーちゃんが一生分満足してくれるように、うんと頑張るよ」

春香はくすくす笑って、どうやらカーテンの中で暮羽を抱き締めているらしい。

湿気でいっぱいの浴室を後にしながら、佐知子は、この二人から見た自分たちの姿を思い浮かべようとしている。


薄々予想はしていたが、宴会のお膳は到底一人で食べきれる量ではなかった。刺身、炊き込みご飯、ゆらめく炎とともに出てきた網の上の鮭のホイル焼き、山菜の煮物、てました。

んぷら盛り合わせ、茶碗蒸し、お椀、缶詰のみかんとさくらんぼが添えられた杏仁豆腐らしきデザート。四列におよぶ長テーブルにどこまでも同じものが並んでいる。お品書きを確認する暇もなく、照明がすっと落ちて、はるか上の天井にどよめきと音響がこだました。

宴会場の舞台に春香が登場し、すべてのライトが彼女に集まると、もはや手元はほとんど見えなくなり、何を口に運んでいるかもよくわからず、闇鍋のような状態になる。隣では暮羽が立ち上がり、踊り狂っている。舞台に集中してもいいのに、五万二千円を思うと、どうしても元をとらねばという気持ちになってしまう。春香の歌うデートクレンジングの歴代のシングル曲を聴き流しながら、ぐにゃぐにゃした物体を嚙み締めては、ああ、これはこんにゃくかな、と佐知子はいちいち想像していた。食べ物の湯気とファンの発する熱が入り混じり、暑くて仕方がない。周囲が暗く誰も自分を見ていないのをいいことに、浴衣の胸元を大きく緩める。一人だけ座っていても、とがめられないのもありがたい。

舞台袖で春香を見守っているであろう実花にはちょっぴり申し訳ないが、ただでさえ薄れつつあった集中力は、今や完全に途絶えていた。

食材と格闘している間に、いつしか最後の曲になったらしい。

「みんな、今夜はありがとう。久しぶりにみんなに会えて、春香、とーっても楽しかった。それじゃあ、最後は思い出の、大好きなこの曲です。聞いてください。『デートをぶっつぶせ！』！」

　春香の手の中で、マイクがくるっと回転した。小さなどよめきが起きる。彼女がそんなこなれたパフォーマンスをすることが意外だった。今までのライブで見たことのある、五人の中心のお姫様然とした彼女と何かが大きく違っている。佐知子は初めて箸を置いて、座ったまま身体を舞台に向けた。

　あの懐かしいイントロが流れ出し、照明が濃いピンクに変わった。それを合図に同じ色のペンライトの波が瞬く間に、客席を埋め尽くす。

　春香の白い肌や茶の瞳に、恐ろしいほどその色は似合っている。先ほど部屋にやってきた、ふにゃふにゃした女の子はどこにもいない。身体中にぴんとバネが行き渡っているようだ。チュチュドレスから伸びるしなやかな手足が虚空（こくう）を切り開く。客席に向かってキックをするような挑発的な動作をすると、シュークリームのようなスカートからフリルたっぷりのショートパンツがこぼれた。

　ファン全員が彼女と同じ振り付けで踊るものだから、暗闇の中で椅子がばたばたと倒れる音がした。

　春香の輪郭はピンクの光とぶつかり合い、一瞬にして圧勝していた。彼女はくっきりと舞台に存在し、光と歓声を見事に従えた。くびれたウエストに手を当て、右肩をつんと驕慢に反らし、マイクを掲げ、客席全体にまんべんなく、余裕たっぷりな視線を走らせた。あちこちから、男のものか女のものかよくわからない金切り声があがる。佐知子は息を飲んだ。明らかに会場の温度が違っている。シロップのように甘いのによく通るウィスパーボイスがマイクを通して空間を包んだ。

——命短し恋セヨ乙女。誰が決めたの？
女性は長寿と決まっているのに。

誰もが春香を見つめ、その名前を呼んでいる。彼女はこの場に君臨し、空気を圧倒していることが、楽しくて仕方がないといった様子だ。大きな瞳が三日月になって光っている。親しみやすさは完全に消え、春香はもはや、ここにいる大人たちをかしずかせ、五万二千円を完全に忘れさせる、ピンク色の暴君だった。ふくよかな唇の両端をきゅっと上げると、顎を思い切り反らせ、大きく髪を振る。蜜色のキューティクルが彼女の周辺に、惑星の軌道のように流れた。春香はウインクすると、ちぎれるほどに腰を振った。

——デートしてなきゃ、女子じゃない？
ばっかみたいなルール。誰が決めたの？

私が私のヒーローだもん。やりたいことはたくさんあるの。

キャンプにパジャマパーティー、読書にショッピング。

宿題、部活、天体観測。家族会議にピクニック！

私の時間は私のものよ。くだらないデートはぶっつぶせ！

デートの呪いをぶちやぶれ！


「ちょっと、妊婦が飛んだり跳ねたりは危険だって」

実花がいつの間にかテーブルの反対側に回っていて、人目もはばからず叫んでいる。まったく意識していなかったが、佐知子は自分でも気付かぬうちに、立ち上がって夢中で身体を揺らしていたらしい。おまけに帯が緩み浴衣から乳房がこぼれそうになっていて、胸元をかき合わせる。その時、会場全体に声が響き渡った。

「マネミカもこっちきて‼ ねえ、暮羽も！」

春香が舞台から、マイクを通してこちらに呼びかけている。数メートル離れた客席からでもそうとわかるほど、その額や首筋に玉の汗が流れ、髪が張り付いていた。

突然スポットライトが舞台下のこちらまで移動し、佐知子は顔をしかめた。視界が真っ白だ。

この娘はこんなに熱い、眩しい光の中で生きてきたのか――。

隣の暮羽と実花が戸惑っている姿がおぼろげに確認できる。会場中が二人に心からの喝采(かっさい)を送り、舞台に立つことを促している。

両手でライトから肉眼を庇いながら、行きなよ、と佐知子も叫んだ。

二人が舞台に走っていく後ろ姿を追ううちに、ようやく光から解放された。会場は拍手とコールで爆発しそうだ。誰しも絶叫している。目をちかちかさせながらも、佐知子も一緒になって、腹の底から声を張り上げた。

「デートクレンジング！　デートクレンジング！　デ――トクレンジング！」

春香の右後方にグッズTシャツ姿の暮羽、左後方にパンツスーツの実花が恥ずかしそうに立った。その即席ユニットは、その偶然の出で立ちもふくめて、不思議と様になっていた。ものすごい瞬間に立ち会える――。そんな予感が身体をパンクさせそうなほど膨れ上がり、佐知子は今、ここにいるすべてのファンと興奮と奇跡を共有している手応えを、ひしひしと味わっていた。今までの困惑も寂しさも溶けていき、ピンクの光に吸収されていくのがわかる。

暮羽がキレのいい足さばきで踊り出し、続いて実花がポーズを決めた。喝采と二人の取り巻きを従えて、春香はますます傲慢(ごうまん)な愛らしさで、激しく跳躍し、身体をくねらせる。実花は次第にかつてのリズムを取り戻し、腰を振り、腕を身体に巻きつける。彼女から三十五歳の良識が消え、あの頃みたいに、突き上げてくる興奮に身を委ねているのがわかる。佐知子の中に甘い稲妻が走った。

あそこにいる。十九歳の実花があそこにいる。

あの時と同じ発光の仕方だった。実花だけではない。春香も暮羽もゆがんで、丸い形の光になっていく。取りこぼすまい、あの時のように全神経を集中して、隅々まで目に焼き付けねば、と思ったら、周囲のファンと同じように佐知子は前のめりの体勢で、拳を突き上げて、彼女の名を呼んでいた。

「実花ー！　実花ー！」

このメロディが永遠に終わらなければいい。曲が最後の間奏に入って、佐知子は泣きそうな気持ちで願う。このまま、踊る三人をずっとここで見つめていたい。ピンクの光に吸い込まれて、このまま消えてしまってもいい。

自分はずっと見ているだけの人間だと思っていた。でも、一人の女の子をずっと見つめ続けるということは、そのなにもかもを許すことを意味する。許すのには、体力も気力も知力も使う。その人の持てるものすべてを総動員しなければならない。ここにいるみんなも、春香を追いかけるうちに、ブログを読んだり、「ミツ」にピラフを食べに来たり、彼女の弱さや痛みやずるさを目の当たりにしたり、たくさんのお金を使ったり、そして最終的にこの地までやってきた。日常で満足していたら決してなし得なかっただろう、めまぐるしい大冒険を経てきたのだ。ここにいる彼らは同志だ。

曲が終わると同時に、客席のあちこちから、ポンと音がした。筒状のものから銀テープが飛び出したようだ。舞台はピンク色の銀テープでたちまち埋め尽くされ、春香は髪や身体にその帯をまとわせながら、汗だらけの顔を輝かせた。

「えー、これ、みんなが用意してくれたの？　はるはる、すごく嬉しいよー。みんな本当にどうもありがとう！　今夜はとーっても楽しかった。明日も一日よろしくね。それじゃあ、おやすみなさーい」

春香は羽衣のように幾重もの銀テープをまとったまま、にっこり笑って大きく手を振り、舞台袖に消えていった。実花は慌ててあとを追う。

あまりにもあっさりとした幕切れに、ファンは大いに戸惑ったようだ。明かりがつき、冷めきった食事の並ぶテーブルが、再び現れた。誰もが呆然（ぼうぜん）とした様子を隠せていない。

数十分が経過し、客席から人の姿があらかた消えてしまっても、佐知子はまだ椅子に座り込んでいた。立ち上がる気力がまるで湧かなかった。

やがて、舞台袖から暮羽が駆け下り、こちらに向かって走ってきた。

「ねえ、ねえ、最後の銀テープ大砲のアイデア、佐知子さんのスクラップをヒントに思いついて、私が春香の応援スレに書き込んだんですよ」

息を整えながら、暮羽が得意げに覗き込んでくる。

「もし、この十年間のライブで、春香のテープをこっそり持ち帰って保管している人がいたら、それを集めて、みんなで最後のステージを彩りませんかって。ある程度の量が集まったら、業者に発注して、クラッカーを作ってもらいましょうって」

佐知子は何か言うかわりに、足元に落ちたピンクの銀テープを拾い上げ、握り締めた。

こんな一瞬のために、アイドルも、ファンも、部外者と呼べなくもない佐知子も、日々を生きていけるのかもしれない、と思った。奇跡はいつでも起こせるわけではない。ずっとスポットライトを浴び続けられるのは、ごくひと握りだ。それでも——。

「大丈夫？　さっちゃん立てる？」

スーツのジャケットを手に、実花は放心したようにふらふらとやってきた。シャツが汗で上半身に張り付いている。腰が痛むようで、身体を折り曲げていた。

「いやー、マジで踊り疲れた。春香も楽屋でへたってる。今夜はさっちゃんたちの上の部屋で雑魚寝(ざこね)してもいいかな？　これから隣町のホテルまで戻る自信が全然ない。事務所スタッフには許可とった」

ファンの目を避けるために、ロビーが完全に空くのを待ち、マスクとジャンパーとキャップを身につけた春香を取り囲むようにして、一同は部屋に戻った。

佐知子は真っ先にスマホを取り出すと、夫と義母のグループLINEに『初日終了です。ご心配おかけしてます。これから寝ます。体調は万全です』と報告し、既読を確認した。入浴する気力もなく、暮羽から高価なものらしいメイク落としシートを貰うと、乱暴に顔を拭い、お腹がつぶれないように横向きになって、ベッドに倒れ込む。実花はシャワーを浴び、同じく暮羽から借りた大きめのグッズトレーナー一枚になると、虚脱したようにソファにもたれた。裸のふとももを投げ出して、無言で暗い海を眺めている。

春香はといえば、湯船に浸かり浴衣に着替えるなり、すっかり元気を取り戻したようだ。壁際のベッドにちょこんと腰掛け、反対側でぐったりと膝を抱えている暮羽に向かって、熱に浮かされたようにしゃべり続けている。

「みんなで一緒に寝るなんて、ロックフェスの時以来じゃない？　ほら、メタルバンドの前座やったとき」

何かを思い出してか、暮羽はベッドに潜り込むと布団をすっぽりと被った。声を出さずに泣いているらしい。佐知子はどうにか元気を振り絞り、こう呼びかけた。

「大丈夫だよ。暮羽ちゃん。今、あなたが心配しているようなことは起きない。保証する」

「そうだよお。くーちゃん、ほら、もう、泣かないでよ。ほら、隣に行くから。だっこしてあげる」

春香がくすくす笑いながら、暮羽の隣に潜り込んでいく。うちらも寝よっか、と実花がぼそっとつぶやき、佐知子は頷く。海側のベッドに二人は横たわり、サイドテーブルのスイッチで明かりを落とした。海の延長のような闇が部屋を覆う。

「さっちゃん、ねえ、起きてる？」

しばらくして、実花の声がした。うん、と佐知子はつぶやく。

「私なんかより、ずっとずっと、この子たちの方が大人だったね……」

春香のものらしき、すうすうという寝息が聞こえてきた。

「……私さ、人並みになれば、もう迷わなくなれると思ったんだよ。でも、もういいや。私、この先も、ずっと迷うと思う。世間の言う、人並みってやつになっても、私はきっと変わらない。腹くくったよ。だって、さっきみたいなステージは科学的に解明できない『何か』でしかないんだもん」

暗闇でも目を凝らせば、まだあのピンクの光を映し出すことが出来る。佐知子はこれからの人生が急に怖くなくなった。いつだって、自分の意思ひとつで、さっきのステージを蘇らせることが出来る。挫折や恐怖を味わうたびに、あの曲を必ず口ずさめばいいのだ。

「女の子のコンディションとか、ファンのテンションとか、その日の雰囲気とか天候とか場所とかセトリとか、いろんなことに左右されて、本当にたまたま生まれる奇跡なの、ああいうのは。そんなアイドルの一瞬にどうしようもなく惹かれちゃう私が、期限決めて合理的に動こうなんて、そもそもハナから無理だったんだよね」

今度は春香か暮羽かどちらのものかわからないが、寝言のようなささやきが聞こえ、実花はほんのりと笑っている。

「でも、私はこの子たちとこの十年を一緒に過ごせてよかった。ああいう一瞬は、人生でそう何度もあるもんじゃないんだもん。その目撃者に何度も何度もなれたんだもん」

「そうだね。それに、きっとまた、すぐに次の奇跡がある気がするよ」

佐知子は確信を持って、ささやいた。

「小学生のラップグループなんて、すごそう。可能性の塊って感じ。今の若い子……、女の子たちって私たちの世代よりもっと敏感だし、もっと自由だよ。時代は変わるよ。実花の考えていたような新しいアイドル像が受け入れられるのも、きっとこれからなんだよ。私、今夜ね、最初に連れていってもらったライブのこと、思い出してた。隣で踊りまくる実花、奇跡みたいだったよ。今日の春香ちゃんに全然負けてない。あ、今、時間が止まったって思ったの。世界は実花と音楽だけで、あの時の実花が今も私の一番のアイドルなんだ――」

布団の中で、実花が足をばたつかせて笑っている。

「やめてよー。恥ずかしいから。あの頃の服とかメイクとか、黒歴史だよ」

佐知子は、「ミツ」の動かない鳩時計を想った。そして、奈美枝さんの部屋で、今なお時を刻み続けているであろう、もう一つの鳩時計を思い浮かべた。

「時間は容赦ないけど、あんな風に、突然ぴたっと止まることはあるんだよね。ほんとうに、時々だけど」

「そうだねえ。その瞬間を見落とさない方が、時計の針に振り回されて焦ってじりじりするより大切なのかもしれないよね……」

実花のいつになく穏やかな声が途絶え途絶えになった。ふいに、こちらの脛が、実花の膝に触れた。くすぐったそうに、実花が布団の中で大きく身体をよじった。

「さっちゃん、足すごいあったかいね。さすがは妊婦だ」

「実花は少しこの冷え性どうにかした方がいいよ。食生活から見直さないと。そのうちアドバイスする。おやすみ」

佐知子はそう言うと、目を閉じた。おやすみ、と実花のあくび混じりの声がする。

布団のぬくもりの中、肌で感じただけだけれど、実花の膝小僧もまた、春香に負けないくらい形が良く、お皿が適度な大きさで、その表面はなめらかで冷たかった。

室内が静まり返ったせいで、波の音はもはやうるさいくらいなのに、佐知子はあっという間に、きめの細かい眠りの中に引き込まれていった。

お腹の子供が波のリズムに合わせて、ゆらゆらと心地よさげに漂っているのがわかる。

## 14

宴会場のカーテンはすべて開け放され、光に溢れた朝食バイキングの会場になっていた。巨大な炊飯器からは白く甘い湯気が立ち上り、地元名産の干物や海苔はもちろん、トーストやカレー、フルーツやうどん、冷凍のたこやきや、やきそばまであった。褐色の滝を波打たせているチョコレートファウンテンが用意されているのは、今日が二月十四日だからだろうか。

あまり食欲がないので、果物とコーンフレークにプレーンヨーグルトを少しだけかけたものを前にして、佐知子は朝の海をぼんやりと見つめている。周囲で朝食を食べているのは、いずれも昨夜熱狂を共にした同志ばかりだ。不思議なもので、彼らから発されるにおいがもう気にならなくなっている。昨夜はあれだけ汗をかいたのになんとなくだるくてシャワーをさっと浴びただけだし、自分も似たようなものなのかもしれない、と考えたらおかしかった。

東京に帰ったら、日付が変わらないうちに、夫にガトーショコラを焼こうとふいに思った。

昨日とは打って変わって、穏やかな色合いの海だった。壁一面の窓の中央には、大きな柱時計が据えられていて、背後を水平線が貫いている。その柔らかな円弧を眺めていたら、自分が生きているこの星の形を、思い浮かべずにはいられなくなる。

「どうしたの？ ぼーっとして」

地球が回転しているから、時は刻まれる。時計に合わせて、地球が慌てて稼働しているわけではない。先にあるのはいつだって、時間ではなく世界だ。誰かが決めた数字は後付けで、大地から自然に溢れ出たエネルギーで朝は動き出すのだ。

「なんでもないよ」

いつまでも水平線から目を逸らさないことを気にしてか、四角いテーブルに向き合って座っている実花は、珈琲カップに薄い唇をつけながら、首を傾げている。佐知子は心配させまいと、でまかせを口にした。

「考えてたの。実花と二人で海に来たこと、これまであったかなって」

「ないよ。でも、そのうち、子連れで来ようよ、海」

さらりと実花は言い小さなナイフでトーストに、銀紙で包まれたマーガリンを不器用に伸ばしていく。

「子供って好きだっけ。実花？」

「うーん、どうかな。でも、職業柄、女の子なら、まあ慣れてる」

「よかった。うち、実はね、女の子なの」

そうささやくと、実花は目を輝かせ、こちらのお腹に目をやる。

「もう性別ってわかるんだね！　今の医学ってすごい！」

「おはようございまーす」

ぼんやりした声に視線を上げると、春香も暮羽もはれぼったいむくんだ顔をしている。それぞれお盆を手にしていて、同じテーブルの空いている席に腰を下ろす。

実花と佐知子が身支度を整え、部屋を後にする間も、二人はぴくりともせずに眠っていたのだ。こうしていると、ごく普通の女子大生二人組の旅行中にしか見えなかった。

なんだか、昨夜、この大広間で繰り広げられたはずのステージが幻のように思えてくる。

周囲のツアー参加者たちが皆、このテーブルを凝視している。

お盆の上に溢れそうなほど、あらゆる国籍の料理を盛り付け、春香はご満悦だ。茶碗山盛りの白いご飯がぴかぴかと光っている。対照的に、暮羽はサラダと少量のフルーツと白湯(さゆ)をほんのちょっぴりずつ口に運び、屈託なく白米を頬張る春香に、昨日とは打って変わってお姉さん然とした眼差しを注いでいる。

東京に戻ったら、実花は小学生グループのマネージャーになる。春香はカフェの面接を受け、専門学校に通い始める。暮羽はモデルを続け、佐知子は六月には母親になり、いずれ本格的に宅配サービスを始めるだろう。せわしない毎日はもうそこまで迫っている。

次にこんな風に四人が揃うのは、数年後かもしれない。実花がトーストをお腹におさめると、厳かに口を開いた。

「実はさ、この場を借りて、ちょっと言いたいことがあって。私、奈美枝さんの家で芝田さんと暮らすことにしたの。大家さんは松本さんのご実家。すぐにってわけにはいかないけど、少しずつ、準備を始めるつもり。田山さんが家計や家事分担のアドバイザー。そのうち合流するかもしれない。松本さんもね」

思いもよらない報告に、佐知子は目を丸くした。春香と暮羽はお互い、話をぶった切ることなくこの流れについていこうと、こそこそと情報を補足し合っている。

「え、本当にそれやるんだ？　いいの？　酒屋さんの倉庫にするんじゃないの？　それにしても、田山さんまで一緒ってどういうこと？」

「今ではもう友達だもん。そう、婚活で知り合ったからわかるんだよ。私たち四人の共通点は、結婚が著しく向いていない。一人が好きなのに、ずっと一人で暮らしていくには気が弱いし、家族がうるさいし、臆病だっていうこと。これが一番いいっていう結論になったの。生活を共にして、チームとして助け合うの。四人とも働きものだから家賃は滞らないだろうし、倉庫にするよりも、松本家の取り分は実はいいはずなんだよ」

「まあ、男性陣は置いておいて、あの芝田さんがルームシェアに賛同したのは意外だなあ」

「あの同人誌仲間の友達と、また仕事始めるんだって。彼女が娘を保育園に預けている間に、通いやすい場所に仕事部屋借りようと思ってたらしいんだけど、さっちゃんの商店街だとちょうど、その人の住んでいる街から出てる急行が、停まるんだよね」

「それ、アイデアとして悪くない気がするよ。それにご近所同士になれるんだね」

「そうそう、さっちゃんからの『ミツ』の宅配サービス、期待してる。田山さんはコスパ悪いから無理してでも自炊とか言うだろうけど。まずは週一で様子を見にきてほしい」

「へー。デリバリーカフェなんてすっごく楽しそう。私も手伝ってみたいなあ」

　春香がはしゃいだ声で、割って入った。

「あのさあ、春香。そんなしゃれたもんじゃないよ。アラフォー四人の命綱、いわばさっちゃん発の生命線だよ」

　実花が大真面目に言うと、暮羽も春香も、白い歯を見せ、肩をぶつけるようにして笑った。どこかから我慢しきれなくなったようにスマホフラッシュが光った。もはや、自分が写り込んでいることはまったく気にならず、佐知子も、声を上げて笑う。アイドルとモデルと元アイドル志望者の美女に取り囲まれた、三十代半ばのむくんだ妊婦の写真がネットに出回っても、それはそれでいいや、と思えた。

　ひょっとしたらこれも実花の言っていた、「奇跡の一瞬」のバリエーションのひとつなのかもしれない、とふと思った。

バイキングの銀食器がぶつかる音も、ファンのひそひそ声も、波音も、相変わらず止むことはないのに、佐知子たちのテーブルだけは、地球の絶え間ない回転からこぼれ落ちたように、淡い光に満ちている。

# 解説

コラムニスト ジェーン・スー

他者からぞんぶんに愛されたい。果たして、大人が抱くには卑しい願いだろうか。腹の底に沈む澱を掻き雑ぜ、欲望の芯をほじくり返し、誰にも知られたくない傷を光の下に晒してまで精査しなければならないほど、危険な欲望なのか。

きらきらと輝きたい。自分を愛し、誰かに認めてもらいたい。ハッキリと口にしたそばから不遜とされる類の夢。「される」ならば、「する」誰かがいるはずだ。謙遜の美徳をものさしに、振る舞いをジャッジする誰かが。

わき目も振らず夢中になり、思うぞんぶん、愛したい。ほとばしる感情を形にし、十二分に表現したい。愛情を一滴残らず相手に注ぎたい。力の限り応援したい。全力を対象に傾けることは、自身の価値を貶める行為だろうか。

愛されたい、輝きたい、愛したい。時に浅ましいと眉をひそめられるこれらの欲望が、一定のルールのもと全力で交換されるのが、アイドル現場だ。門外漢の目に滑稽に映るのは、推す側も推される側も、己の欲望に忠実な姿を恥じ入らないからだ。部外者の顔色を窺っているヒマはないのだ。

女はとかく欲望と相性が悪い。娘、妻、母という役割はおしなべて、野望を持たず、他者の幸せのために自己を犠牲にして補佐に回る姿が美しいとされてきた。自分のために欲することは、卑しい禁忌だと。二〇二一年にもなって、「わきまえる女」に公然と高評価がつけられたのは記憶に新しい。

うんと昔から繰り返されてきた光景に、女はその都度抵抗してきた。してはきたが、「わきまえる女」が高く評価されたという忌まわしい記憶はなかなか消えない。女は自信がないほうが好まれる社会において、欲望ははしたないという刷り込みの解除は一朝一夕には難しい。その延長線上に、ザッハトルテを作れることが相手の脅威となる婚活市場があり、何もかも欲しがることは贅沢と断罪される、女だけの戦時下がある。

アイドルビジネスは、無力の象徴でもある若さや拙さに過剰な価値を見出す旧態依然の価値観に則った、女性性の搾取だと批判されることも少なくない。的を大きく外してはいないが中心を射てもいない、凡庸なコメントだと思う。二度三度と現場に足を運んでみれば、そんなに単純な構造ではないことがわかる。

運営と呼ばれるマネジメントが所属タレントに利益を十分に還元していない場合を除き、少なくとも、板の上に立つ推される側と、客席から推す側には、一方通行の搾取は存在しない。互いが奪い合い、与え合い、時間をかけて築かれた、もしくは壊れた信頼関係のもと、むき出しの欲望を循環させる神聖な鉄火場だ。どちらにとっても、相手がいなければ明日へ命を繋ぐこともままならない場合すらある。佐知子が実花の姿に教えられたように、「感情に従って何かに心ゆくまでのめりこむことが、理不尽な世の中に対抗する唯一の手段」なのだ。

女を推すのは男ばかりとは限らないし、最大公約数的な美しいものだけに価値が置かれるとも限らない。美しさは多様であり一義的ではないことが、最も鮮烈に表現されているのが、皮肉にも地下と地上を合わせたアイドル業界かもしれない。そこで人の心をつかむ条件があるとすれば、誰よりも愛されたいと欲する心をさらけ出せること、もしくは輝きたい、与えたい、伝えたいという欲望を、低く見積もった身の丈に照らし合わせず発信できることだろう。それが、「応援したくなる魅力を持った人」だ。そのどれかが消滅した者は、やがて板の上から降りることとなる。同時に、どちらの条件も十分に満たしていたとしても、トップが約束されるわけではないことも事実。

以前、長くアイドル現場に身を置く方から聞いたことがある。ファンは、自分に似たアイドルを推すこともあると。現実では誰も自分のことを応援してくれないから、自分に似た存在に自己を投影し、自分で自分を励ますのだと。

現実ではあるが現実ではない、と評したアイドルファンもいる。目の前にいるのは実存する人間だが、見せてくれる景色、与えてくれる感情は純度が高く、非現実的なのだと。非現実があるから、現実を生きることができると彼は言っていた。

女は現実に存在する生物だが、「女」というタグをつけられると、どうにも現実性を欠く。女自身の不注意からではない。当事者である女も含んだ他者が、「女」というタグのついた生物の、個としての実存を見失うのだ。つまり、ひとりひとりに欲望があり、意思があり、心があることを忘れてしまう。ヌーの群れのように一定の習性に従って行動する集団と解釈されることもあれば、個人を偶像化して身勝手に人格をエディットされることもある。アイドル現場に限った話ではなく、日常のひとコマとして散見される景色だ。こうあって欲しいという願望が視界を曇らせ、かけがえのない女友達や自分自身の人格否定につながってしまった経験を持つ女は、私だけではないはずだ。独善的で身勝手な欲望が、取扱注意であることだけは確かだろう。しかし、相手を偶像として崇(あが)めてしまうほど己が弱っているとき、そこに気付ける可能性は低い。

本作は、女の自立の物語だ。出産という一点に絞って考えれば、たしかに「もう、私には時間があんまりないんだよね」と言わざるを得ない三十五歳の女が、母になることを起点に時間の逆算を始め、「安住の地」に「お前はもうここからどこにもいけない」とルビを振る既婚女が、腹の底から湧(わ)いてくる衝動に突き動かされる。それぞれが、自分らしさだと思っていた個性を疑わざるを得ない事態に、否応なく巻き込まれるさまが生々しい。アイドルという存在に自己を投影し、彼女たちは肢体にきつく食い込んだ鎖や世間体への自己欺瞞を強く自覚することとなる。それを断ち切り、顔の見えない世間へのアンチテーゼを唱え、なにより「友情はアップデートできる」こと、同じ相手と新しい関係性を紡ぐことは可能だと知らしめることに、私は本作の意義を見出す。

著者の鎖千切りは、古めかしい価値観だけにとどまらない。真に理解のある夫、良好な嫁姑関係、憎めない嫌な女。ステレオタイプの真逆を物語のなかに自然に織り込み、読み手の思い込みを粉砕する。

肩身が狭かったオタクたちの一途な熱量が評価され、推しを持つことはいまや一般的な趣味となった。時を同じくして、鑑賞は消費と呼ばれるようになり、品の良い行為とは見なされなくなった。好事家たちの肩身が、いま再び狭くなろうとしている。そういった後ろめたさにも、著者は好意的なまなざしを向ける。佐知子の言葉を引用する。

「自分はずっと見ているだけの人間だと思っていた。でも、一人の女の子をずっと見つめ続けるということは、そのなにもかもを許すことを意味する。許すのには、体力も気力も知力も使う。その人の持てるものすべてを総動員しなければならない。(中略)日常で満足していたら決してなし得なかっただろう、めまぐるしい大冒険を経てきたのだ」

推し活をしたことがある者にとっては、胸に染み入るような救いの言葉だ。推しと自分は赤の他人だが、補完関係にあると信じたい。しかし、信念が揺らぐ日もある。現実はなにひとつ変化していないのに、喜んだり悲しんだりと独り相撲が過ぎるのではないかと。

疑念を晴らしてくれるのは、推しに出会わなかったら経験し得なかったであろう感情の起伏や、二度と同じものは拝めない「なまもの」である現場の記憶だ。覚悟ナシの愛情から生まれる解釈は身勝手な人格エディットと同義だが、そこからはみ出た言動を推しの裏切りと感じるのは自分の心の問題だと気付けるところまでたどり着いた者は、体力気力知力を総動員して他者を尊重し始める。それこそが、最も健やかな人間関係なのかもしれない。実花と佐知子がたどり着いた場所でもある。

他者からぞんぶんに愛されたい。きらきらと輝きたい。愛する自分を誰かに認めてもらいたい。わき目も振らず夢中になり、思うぞんぶん、愛したい。力の限り応援したい。そういった生の欲望を肯定し、且つ、終盤のシェアハウスに象徴される緩やかな新しい人間関係の紡ぎ方を提示する本作は、読み手を縛る鎖を、なにかひとつは必ず切ってくれるだろう。

本作品は二〇一八年四月、祥伝社より単行本刊行された
『デートクレンジング』を改題し、加筆修正しました。

双葉文庫

ゆ-08-05

# 踊る彼女のシルエット

2021年4月18日　第1刷発行

【著者】
柚木麻子

【発行者】
箕浦克史
【発行所】
株式会社双葉社
〒162-8540 東京都新宿区東五軒町3番28号
［電話］03-5261-4818(営業)　03-5261-4833(編集)
www.futabasha.co.jp(双葉社の書籍・コミックが買えます)
【印刷所】
中央精版印刷株式会社
【製本所】
中央精版印刷株式会社

【フォーマット・デザイン】
日下潤一



ISBN978-4-575-52459-8 C0193
Printed in Japan

双葉文庫　好評既刊

3時のアッコちゃん

柚木麻子

三智子がメンバーとして入っているシャンパンのキャンペーン企画チームの会議は停滞気味。そこに現れたアッコさんはアフタヌーンティーで職場の空気を激変させていく。人気シリーズ第二弾。

双葉文庫　好評既刊

## 幹事のアッコちゃん

柚木麻子

妙に冷めている若手男性社員に忘年会幹事の極意を教えるなど、周りに生きるヒントを与え続けるアッコさん。そんな彼女にも一大転機が訪れる。読めば元気が湧く大人気シリーズ第三弾。